Los DIOSES del NORTE

JARA SANTAMARÍA

Los DIOSES del NORTE

El linaje perdido

B DE BLOK

Papel certificado por el Forest Stewardship Council®

Primera edición: octubre de 2020

Printed in Spain – Impreso en España

ISBN: 978-84-17736-91-0
Depósito legal: B-8.208-2020

Compuesto en Comptex & Ass., S. L.

Impreso en Black Print CPI Ibérica
Sant Andreu de la Barca (Barcelona)

BL3691A

Penguin
Random House
Grupo Editorial

Este es para Dani

Prólogo

Una noche más, el sol se escondía tras las montañas y la oscuridad caía como una manta sobre el valle. Los vecinos la recibían frotándose las manos para calentar sus dedos, abrochándose un botón más del abrigo y mirando al cielo en busca de la luna. Pero esa noche no había rastro de ella. El cielo estaba inusitadamente oscuro. Los humanos tenían por costumbre llamar a aquel fenómeno «luna nueva».

Los más supersticiosos inventaban leyendas sobre por qué desaparecía una vez al mes. Los que observaban las estrellas, en cambio, aseguraban que era producto de la sombra de la Tierra, que tapaba por completo su visión del sol. Pero muy pocos sabían lo que ocurría de verdad.

Cuando se aseguró de que la sombra la cubría por completo, la Luna respiró profundamente. Era libre, una vez más. Libre para adoptar su segunda forma con la que conseguía bajar al mundo de los humanos y mezclarse entre ellos para disfrutar de sus placeres, de su música, de esa hambre de vida tan impaciente que solo podían tener los mortales. Le divertía hacerse pasar por uno de ellos. Bailar durante horas, escoger a un humano cualquiera y hacerle preguntas, para acabar hablando de asuntos importantes o de cualquier trivialidad que le resultase especialmente exótica, como el precio de las verduras o el resultado de ese partido del que todo el mundo parecía querer hablar.

Había algo fascinante en la manera en la que concebían el paso del tiempo. Le sorprendían sus contrastes. Por un lado, parecían deliberadamente conscientes de su propia mortalidad (esa necesidad casi enfermiza de dejar huella, de encontrar el sentido a su presencia en el mundo...) y al mismo tiempo tenían una habilidad innata para perder el tiempo y preocuparse por asuntos de lo más insignificantes. Ese conflicto tan vivo era algo que la Luna, incluso con todo su poder, incluso siendo la fuente de la magia de todos los brujos de Gaua... no podría llegar a comprender nunca.

Porque ella nunca sería mortal. Ella había nacido para vivir para siempre.

Muy lentamente, la diosa desentumeció sus músculos y estiró su figura, dejando entrever dos brazos y dos piernas de mujer envueltas en un vestido plateado. Su cabello blanco se deslizó por sus hombros cuando echó un último vistazo desde las alturas, dispuesta a descender hacia el valle. Pero una voz muy conocida truncó sus planes.

—Hace una noche preciosa.

La Luna hizo esfuerzos por reprimir su sorpresa. No quería darle ese gusto a la figura que la miraba, envuelta en un abrigo de piel de lobo. En su lugar, se giró hacia él con lentitud y se encogió de hombros, como si enfrentarse a él no le alterase ni lo más mínimo. No era cierto: ni siquiera ella era capaz de sostener su mirada sin inquietarse. Era negra como el más profundo de los abismos.

—¿Acaso no lo son todas? —le retó.

Como toda respuesta, Gaueko sonrió y asintió con la cabeza. Respiró profundamente y echó una ojeada bajo sus pies, observando a los humanos moverse como hormigas, apenas pequeños puntitos insignificantes que daban vueltas sobre sí mismos como si estuviesen aturdidos. Después devolvió su vista a la Luna y la detuvo en sus hombros blancos, que emitían destellos de plata.

—Tienes razón, siempre hemos hecho un buen equipo —dijo, y echó un vistazo a su alrededor, animándola a imitarle—. Mira lo que hemos creado, es imposible no apreciar su belleza. Solo los necios o los cobardes pueden negarlo.

La Luna permaneció en silencio. Las palabras de Gaueko siempre lograban sacudirla de una manera que le gustaría evitar. Ella era hija de Mari. La primera hija de Mari, la que engendró precisamente para dar luz allá donde había oscuridad. Ella no era una aliada de la oscuridad, por mucho que Gaueko se empeñase en hacerla sentir así y envolverla en un millón de dudas. Ella era luz, era vida y consuelo de los humanos. Durante años la habían adorado por ello, ¡la habían venerado! Al menos hasta que...

Un pinchazo de dolor se hundió en su pecho cuando recordó lo sucedido, hacía miles de años, cuando los hombres le hicieron una plegaria a Mari para que acabase con el reinado de las sombras porque la luz de la Luna no era suficiente para acabar con ellas. Así llegó al mundo su hermana el Sol, a la que su madre la había dotado de un poder tan evidente como cegador, y ella... ella quedó relegada a un segundo plano. Era el Sol y no ella quien protegía a los humanos. De pronto ella había pasado a ser su relevo, apenas una tenue luz que era invisible a su lado y que debía salir solo cuando su hermana descansaba.

Ella, que había amado a los humanos, que había jurado protegerlos... de pronto era un elemento más en un cielo estrellado, si acaso un símbolo recurrente para poetas y compositores. No servía para nada más que para eso.

Era frustrante. Hiriente.

Y, por supuesto, eso era algo que Gaueko sabía perfectamente.

—Me pregunto si ella es necia o cobarde —dijo, con curiosidad.

—¿De quién hablas?

—De Mari, ¿quién si no? —Hizo una breve pausa—. Yo apostaría por cobarde, ¿tú qué opinas? Plegarse ante las exigencias de los humanos de esa manera, humillando a su propia hija...

Esta vez sí, la Luna clavó sus ojos en los de él.

—No hables así de mi madre.

—¿Por qué no? ¿Acaso es mentira? ¿Acaso no creó al Sol aun sabiendo lo que eso significaría para ti? —Dejó escapar el aire en un resoplido—. Tuvo que ser duro, no puedo imaginar lo que tiene que ser algo así. Y como si no hubiera sido suficiente, años después castiga a los brujos, ¡tus... propios hijos!, encerrándoles en un mundo del que no pueden salir desde que cumplen los quince años. No se me ocurre una manera más retorcida de resolver un conflicto.

—No te atrevas a culpar a Mari de eso —espetó—. Recuerda quién empezó esta guerra. Fuiste tú quien quiso raptar al Sol. Fuiste tú quien provocó a mi madre.

—Y tú quien no opuso excesiva resistencia. —Sonrió—. Jamás me delataste.

Una nueva punzada se hundió en su corazón.

Tenía razón: no hizo nada.

Y, precisamente, por su incapacidad de tomar partido pagaban ahora sus hijos, los brujos. Era su maldición; como ella no pudo decidir, ellos deberían hacerlo: debían escoger entre el Mundo de la Luz o la magia. Y era una decisión dolorosa, imposible, que vivirían todos y cada uno de ellos y que pesaba sobre su conciencia como una enorme losa.

¿Por qué no había sido capaz de frenar el plan de Gaueko? De no haber sido porque el Basajaun escuchó sus planes y acudió a Mari para impedirlo, Gaueko podría haber ganado e instaurado un reinado de Tinieblas para toda la humanidad. Y ella no hizo nada. ¡Nada! ¿Por qué no había sido capaz de delatar el que iba a ser el rapto de su propia hermana? Se lo preguntaba muchas noches, cuando observaba a los humanos desde el cielo.

Tal vez tuviera algo que ver el efecto que ejercían las palabras de Gaueko en ella, el hecho de que compartían una hija y el vínculo inevitable que eso suponía para ambos. Pero, tal vez, una parte de ella secretamente también quería recuperar todo aquello que había perdido. Tal vez incluso había querido vengarse del Sol, o de Mari, que nunca había hecho el más mínimo esfuerzo por comprenderla. Ese pensamiento la atormentaba más aún que el castigo que se le había impuesto.

Tragó saliva, con la vista todavía perdida en el valle.

—¿Qué quieres, Gaueko? No creo que hayas venido aquí para rememorar la Historia.

Él aguardó unos instantes en silencio. Después dio un par de pasos y venció la distancia que le separaba de ella. Mirándola fijamente, susurró:

—Quiero justicia.

La Luna dejó escapar una breve risa y negó con la cabeza en un movimiento que agitó su melena blanca.

—Justicia —repitió, cargando la palabra de ironía—. Déjame adivinar. De pronto te preocupan los brujos y todas las criaturas mágicas que están atrapadas en Gaua, ¿no es cierto? Todas esas criaturas a las que involucraste en esta guerra sin que te importase lo más mínimo.

Gaueko no ocultó su carcajada.

—No, es más simple que todo eso. Quiero recuperar lo que es mío. Quiero acabar con ese portal y que la magia de Gaua se libere de una vez por todas y se expanda sobre todas las criaturas de la Tierra. —Se detuvo y alargó la mano para apartar el cabello blanco de la cara de la Luna en una sutil caricia—. Sé que tú lo quieres también. Sé que quieres recuperar tu poder. Y me necesitas. Te guste o no. Tu luz es invisible sin mí.

Ella contuvo el aliento y cerró los ojos.

—No pienso ayudarte —dijo, haciendo acopio de toda su fuerza de voluntad—. Esta vez no. No volveré a poner en peligro a mis hijos.

—No todos son solo tus hijos...

Su afilado comentario la dejó sin palabras por un momento. Sabía bien a qué se refería. Su peor error, su mayor momento de flaqueza, aquel vínculo que les unió a los dos, había dado lugar a un bebé que comenzaba un linaje demasiado peligroso. La sangre de la Luna y del dios de las Tinieblas combinadas en un solo cuerpo era un poder cuyos límites todavía estaban por conocerse. Los brujos lo habían llamado el «linaje perdido» porque se escondieron, y la mayoría creía que habían desaparecido sin descendencia. Cada día durante años ella había agradecido en silencio que lo creyeran así, porque no era capaz de imaginar lo que podría suceder si caían en manos de Gaueko.

Pero unos meses atrás, un grupo de brujos rebeldes habían conseguido dar con el paradero de la niña, y desde entonces ya no cabía duda para nadie: el linaje existía. La sangre de Gaueko seguía viva entre los brujos.

Aquella niña tenía apenas nueve años y había vivido siempre en el Mundo de la Luz y no era consciente de su magia. Y, en cambio, su existencia era absolutamente peligrosa.

Ada. Se llamaba Ada.

—Ada es fuerte —dijo en voz alta, tal vez queriendo convencerse a sí misma también—. Lo demostró de sobra ante las tretas de Ximun y te lo volvió a demostrar cuando trataste de atraerla a ti utilizando al Inguma. ¡No te va a ser tan fácil manipularla! Es más poderosa de lo que te imaginas.

Él asintió con la cabeza. Parecía extraordinariamente tranquilo, y no podía evitar que aquello la inquietase. Tanta calma no podía significar otra cosa: tenía un plan.

—Oh, soy muy consciente. Es sangre de mi sangre —murmuró él. En medio de la noche oscura, el viento hacía susurrar las hojas de los árboles. Gaueko perdió la mirada entre ellos, como si buscase algo que estaba muy cercano a encontrar—. Pero es humana. Y todos los humanos tienen un punto débil.

La Luna trató de encontrar una respuesta en sus ojos

negros, pero no hizo falta. Lo comprendió al momento. «Su madre», pensó. Aquella mujer a la que Ada no había conocido nunca, pero que arriesgó su vida por hacer cruzar a su bebé al otro lado del portal con la ayuda del Basajaun.

Trató de controlar la expresión de su rostro y respiró despacio antes de hablar:

—Su madre está muerta.

Él la miró con una sonrisa ladeada.

—¿Lo está?

La Luna no dejó de mirar la espesura del valle, concentrada en la profundidad de la noche y el sonido lejano de un río. Gaueko tomó su silencio como respuesta y sonrió aún más, hinchando su pecho con una satisfacción que no quiso disimular. Después se inclinó hacia ella y miró a sus ojos grises con detenimiento, como si disfrutase de cada uno de sus detalles.

Sonrió.

—Deberías saberlo mejor que nadie —dijo, acariciándole el pelo una última vez—: el amor nos hace débiles.

Se apartó de ella, dejando un rastro gélido allá donde había posado sus dedos, y comenzó a caminar en dirección al bosque. La Luna lo observó marcharse fundiéndose en la oscuridad.

—Ada y su madre se encontrarán la una a la otra —le oyó decir—. Y entonces las tendré a las dos.

1

Teo

Que la Amona cumplía ochenta años este 31 de octubre? Cierto.

¿Que, en cualquier otro momento de mi vida, tener que aprovechar los días de vacaciones que daban en Francia por Todos los Santos en celebrarlo con la familia me habría cabreado muchísimo? Cierto.

¿Que, en realidad, llevaba meses contando los días que faltaban para que estas llegasen? Igualmente cierto.

La verdad es que me moría de ganas de volver a Irurita. No te imaginas lo lentos que pasan los meses cuando sabes que eres un brujo y tienes que aparentar normalidad. El invierno se me hizo eterno. La primavera, insoportable. El verano... vale, el verano no había estado tan mal, porque esta vez sí había podido irme de campamento con mis amigos de toda la vida y me lo había pasado como un enano. ¡Pero incluso así! ¿Te puedes hacer una idea de lo mucho que cuesta correr por el bosque, ver todos esos árboles, la madera, todos esos secretos que se escondían bajo sus raíces y no pensar en eso?

Eso. Perdón, la costumbre. Así es como mi padre y yo nos referíamos a es… a la magia. Ahora él lo sabía. ¡Lo sabía! Y eso era un acontecimiento absolutamente increíble porque, pese a que yo no habría apostado nada por ello, creía de verdad en lo que le decíamos. Que también es cierto que había visto con sus propias gafotas cómo cerrábamos el portal. ¡Como para dudar de ello! Él lo había sentido en sus propias manos, toda esa energía, esos calambres que se proyectaban desde la palma y que subían chisporroteando hasta las yemas de los dedos. Y mientras tanto, la grieta del pozo se consumía, haciéndose más y más pequeñita hasta desaparecer por completo entre la piedra. ¡Tendrías que haberle visto la cara! Se puso blanco como la leche («un poco como gris en realidad», me acuerdo que señalaba Ada), y apoyó su mano sobre la nieve para evitar caerse, pese a que seguía arrodillado en el suelo. «Ama, esto es muy grande. Es muy grande esto, Ama»,* repitió no sé cuántas veces en bucle, casi sin pestañear. Y la Amona, claro, mientras tanto le frotaba el hombro como si temiera que se desmayara, e insistía e insistía en que volviésemos a casa y se tomase una sopita que le iba a asentar el estómago.

Total, que había sido como un jarro de agua fría, y más

* *Ama* significa «mamá» en euskera.

para una persona como mi padre, que siempre presumía de tenerlo todo controladísimo, y llevaba toda la vida aleccionándome y obsesionándose con comprender el funcionamiento y los porqués de las cosas. «Pues fíjate tú, papá, no todas las cosas tienen sentido. No puedes controlarlo todo.»

Pero bueno, que he de decir en su favor que, cuando la sopa de la Amona le resucitó lo suficiente como para asimilar la sorpresa, empezó a hacernos un montón de preguntas y desde entonces su actitud había cambiado muchísimo. Ahora ya no me hablaba solo de matemáticas. Le interesaba todo esto. ¡La magia! O eso, como habíamos decidido llamarlo en casa por si nos escuchaba mamá.

Y también la música. Es decir... no era como si de repente la hubiera descubierto y la entendiera o algo así, no; seguía mirándome con el mismo desconcierto como si de repente estuviera hablándole en islandés. Pero al menos ahora me había permitido apuntarme al conservatorio e incluso a veces prestaba interés, se fijaba en mis notas y hasta llegó a decir algo así como: «He leído en un artículo de internet que leer una partitura estimula el cerebro», que no sé muy bien a qué venía ni qué me quería decir, pero entendí que era un intento de refuerzo positivo.

Aun así, por mucho que pudiera hablar de ello, era muy frustrante seguir sin poder hacer magia, y vivir al margen de ella como si no hubiera pasado nada.

Por eso me alegré tantísimo cuando volví a poner un pie en Irurita.

Fuimos los últimos en llegar. Cuando aparcamos el coche, Ada y Emma ya estaban a su aire en el huerto (probablemente, para poder hablar tranquilas sin que las escuchasen sus padres) y todos los demás estaban en la cocina de la Amona, esperando para llenarme la cara de besos, pellizcos y achuchones.

—¡Teo, estás aquí!

Creo, y te lo digo totalmente en serio, que esta fue la primera vez que Emma me dio un abrazo de manera consciente y premeditada. Quiero decir, sin poner los ojos en blanco después de que la obligase la tía Maite o sin que fuera producto de la emoción de haber estado al borde de la muerte.

Me quedé a cuadros.

—¡Sí que estabas aburrida!

—Mira que eres rancio —se defendió despegándose y cruzándose de brazos—. ¿Es que no nos has echado de menos, o qué?

Ada también llegó corriendo hacia mí y se colgó de mis hombros. Supongo que nuestros padres alucinarían con tanta muestra de afecto. Tan solo hacía un año, casi nos habían tenido que llevar a rastras a Irurita para que pasásemos el verano juntos. Pero, oye, ¿quién podría culparnos? Atraviesa con tu familia un portal a un mundo mágico lleno de bichos que pueden matarte y después hablamos. ¡Inseparables!, te lo garantizo.

—¿Qué has hecho en estos meses? —dijo Ada.

—Pues... —mi intención es que sonase como un comentario despreocupado y casual, pero no pude evitar hinchar un poco el pecho con orgullo—, la verdad es que he estado bastante liado con eso del conservatorio, las clases...

—¡¿El conservatorio?! ¿Conseguiste convencer a tu padre de que te apuntase? —Emma parecía tan sorprendida como yo—. Me alegro mucho. ¿Qué tal se te da? Bueno, qué pregunta más tonta.

—¡Seguro que eres el mejor de la clase! —dijo Ada.

—A ver, que tampoco es plan de presumir... —dije, pero con el pecho igual de hinchado—. ¿Vosotras qué tal?

—Pues Emma me estaba contando que se ha apuntado a un equipo de fútbol —explicó Ada mientras su prima mayor se encogía con un poquito de vergüenza. Se acercó a mí para susurrarme lo siguiente—: y ha hecho amigos.

—¡Lo dices con sorpresa! —se defendió Emma roja como un tomate.

No podía culpar a Ada. Emma no hablaba mucho de sí misma, pero sí sabíamos que por lo general le costaba bastante hacer amigas, y que era una preocupación que llevaba arrastrando un tiempo, probablemente, porque pensara que era culpa suya, que ella era la rara... Así que el hecho de que se hubiera atrevido a apuntarse a un equipo de fútbol era algo bastante valiente para Emma. Y a mí me daba en la nariz que Gaua había tenido algo que ver. Que de alguna forma encontrarnos con nuestros poderes nos había ayudado a hacer cosas increíbles también sin magia.

Fruncí el ceño cuando reparé en que Ada todavía no nos había contado nada.

—¿Y tú? —dije.

Pero ella se encogió de hombros.

—No sé, todo normal. Ya sabéis, lo de siempre.

Por un momento, me dio la sensación de que quería quitarse la conversación de encima, pero antes de que pudiera pararme a analizarlo, me escuché a mí mismo diciendo:

—Hombre, tú normal normal... ¡Eso sí que sería una novedad! ¿Por qué me miras así, Emma? Venga ya, que no estoy diciendo nada malo. Solo digo que la última vez que nos vimos, estaba un poco...

Estaba justo haciendo un gesto de tornillo aflojado con mi índice cuando Emma me estampó un codazo en las costillas. No tuve tiempo para reflexionar al respecto, ni casi para fijarme en los ojos de Ada, de repente fijos en la hierba, porque su madre, la tía Blanca, asomó su cabeza por la ventana de la cocina que daba justo al huerto.

—A ver, ¡niños! —dijo—. Ya tendréis tiempo de poneros al día, ayudad un poco, que tenemos que colocar toda la comida en la nevera.

—¿Pero lo vamos a celebrar hoy? —dije arrastrando los pies hacia la puerta. Todos los adultos se agolpaban en el pasillo con bolsas y algún regalo mal camuflado entre las verduras y las latas de conservas.

—No, hombre, mañana —dijo mi padre pasándome

la nevera en la que habíamos transportado los congelados—. El 31 es mañana.

—Ochenta años ya, madre de Dios —murmuró la Amona, y después me interceptó en mi camino a la nevera—. ¡Ven aquí que aún no me has dado ni un beso!

Yo habría jurado que ya la había saludado antes de entrar, pero tan pronto como me di cuenta estaba atrapado, con la cara espachurrada contra su delantal, mientras estrujaba con todas las fuerzas de sus brazos. Bastante increíbles teniendo en cuenta su edad, he de decir.

—Treinta y uno de octubre —dijo mi madre mientras tanto—. No había caído en la fecha. Halloween, ¿no?

La tía Blanca entró en la cocina con una risita alegre:

—Siempre has sido un poco bruja, mamá.

A mi padre se le cayó un bote de espárragos al suelo.

2

Emma

El Baztán se había llenado de colores. La última vez que estuvimos aquí, las montañas estaban blancas por la nieve, pero ahora tenían tantos tonos diferentes que parecía que alguien hubiera cogido un pincel y se hubiese dedicado a pintarlas: un poco de amarillo por aquí, otro poquito de rojo por allá, de marrón... Y en medio de todo, los prados verdes, muy verdes. Si abría la ventana de mi cuarto, podía escuchar a lo lejos los rebaños de las ovejas, la lluvia suave golpeando contra las vallas del huerto y, a veces, un repiqueteo constante que, según la Amona, debía de ser un pájaro carpintero. Me gustaba asomar la cabeza al despertarme y escuchar, respirar. El pueblo entero olía a tierra mojada, pero también a leña, y la neblina tan característica del valle se fundía con el humo de las chimeneas de sus casas.

No recordaba haberlo visto nunca así. ¿Tal vez cuando era muy pequeña? Desde luego, desde que tenía memoria, solo había vuelto a esta casa en verano o por Navidad. De normal, aprovechaba las vacaciones de otoño que nos daban los colegios en Alemania para hacer alguna escapada por el país con mis padres, así que era posible que fuera la primera vez que viera así los alrededores de Irurita.

De alguna manera supongo que experimentaba una sensación rara. Y que necesitaba abrir las ventanas para cerciorarme de que ese valle existía, y que nada de lo que había vivido era producto de mi imaginación. Allá fuera, en algún lugar entre los árboles, había un pozo que era mucho más que un pozo. En estos meses, había rememorado la escena una y otra vez: Ada totalmente fuera de sí tratando de destruir el Basoaren Bihotza, todos aquellos lobos que la seguían y que querían hacernos daño... La había repasado una y otra vez, preguntándome cómo habíamos podido dejar que ocurriese algo así, y cómo era posible que Ada estuviera viviendo todo eso y yo no me diera ni cuenta. Había estado tan distraída con el cruce de criaturas al otro lado del portal, que no supe ver que mi prima pequeña estaba en peligro. No dejaba de pensar en que no había estado a la altura.

Habían pasado meses de todo aquello, pero los lobos todavía irrumpían en mis sueños demasiadas noches.

El viento movía los árboles y provocó que unas gotas de lluvia me golpeasen en la cara. Cerré los ojos. Nunca me había molestado la lluvia; al contrario. Respiré profundamente y mi vista se detuvo en la plaza de Irurita.

Más concretamente en el edificio que había justo frente a ella, imponente como ninguno. Me recordaba a mí misma jugando a pelota contra su pared hacía algo más de un año. Unax solía vivir allí... Y también él, que entonces era de carne y hueso, ahora me parecía un fantasma o un producto de mi imaginación.

No paraba de pensarlo. En Alemania, de alguna forma sentía que estábamos verdaderamente lejos, físicamente lejos, y esa era una sensación que mi cabeza podía asimilar. Pero ¿y ahora? Técnicamente estábamos aquí los dos, si es que el concepto «aquí» significaba algo con un portal de por medio. Él estaría tal vez allí, o en el Ipurtargiak, ¡aquí mismo! Probablemente, muy cerca de mí en ese mismo momento.

Pero ¿estaba verdaderamente en algún lugar, más allá de mi ventana? Yo misma lo había visto con mis propios ojos: era el mismo valle y el tiempo transcurría exactamente a la misma velocidad, pero... ¿cómo iba a estar aquí, si no podía verle? Y tampoco había manera de escribirle una carta, ni de llamarle por teléfono. Ni siquiera tenía una fotografía que probase que no me lo había inventado todo. ¡Si ni el beso que nos habíamos dado había ocurrido de verdad! Nadie más lo había visto porque había sido una ilusión que él había provocado en mi mente... ¿Pero eso lo hacía menos real? Me lo preguntaba muchas veces.

El hecho de que estuviésemos en mundos diferentes, separados por un portal que nos condenaba a no volver a vernos nunca más, ¿hacía que lo que yo sentía fuese menos de verdad? «Podrías verle —me decía una vocecita pequeña que trataba de acallar—, tú aún no has cumplido los quince años.»

—¿Qué haces, Emma?

La voz de Ada me sobresaltó. Me giré un poco demasiado deprisa hacia ella y me aparté un pelo inexistente de la frente antes de encogerme de hombros.

—¡Nada! Estaba viendo el pueblo. El otoño. La lluvia, ya sabes.

Ada me miró con una ceja ligeramente más alzada que la otra y parpadeó despacio.

—Mira que eres intensa.

—Es la adolescencia, Ada —le explicó Teo, que por lo visto también andaba por allí. ¡A saber cuánto tiempo llevaban mirándome!—. Un día crees que eres normal y al siguiente empiezas a mirar la lluvia, a escuchar canciones tristes, a suspirar por unos ojitos grises...

—¡Uuuugh! —Ada fingió un escalofrío.

Enrojecí con violencia. Cogí lo primero que pillé a mano, que resultó ser una sudadera de deporte, y la lancé hacia ellos, pero terminó impactando en el marco de la puerta y Teo, entre risas, salió corriendo y bajando los escalones de dos en dos. Ada, en cambio, se tiró en plancha encima de la cama, donde permaneció unos segundos en silencio hasta que decidió abrazar la almohada con sus dos manos y mirarme fijamente.

—Así que... Unax, ¿eh? —dijo.

Sentí que todo mi cuerpo se tensaba de golpe. ¡Menuda forma más abrupta de romper el hielo!

—No voy a hablar de esto contigo.

—Vale, qué alivio.

—¿Qué? —refunfuñé, sentándome también en la cama—. ¿Para qué me lo preguntas, entonces?

Ada se encogió de hombros.

—Yo qué sé, igual querías hablar. —Su voz sonaba mitigada contra la almohada—. Parecías preocupada.

Negué con la cabeza despacio.

—No es eso, es que... —Señalé la ventana y después la miré de nuevo, bajando la voz—. ¿No te pasa? No puedo evitar mirar todo esto y pensar que ahora mismo estamos... que aquí mismo es donde... Yo qué sé.

—Te entiendo —respondió, más firme de lo que me esperaba, y se incorporó un poquito hasta quedar sentada sobre sus piernas cruzadas—. Es como que sabes que están ahí, aunque no puedas verlos.

—¡Eso es!

Bajo nosotras, el ruido de los cacharros se mezclaba con las voces de los tíos, que ya empezaban a prepararlo todo para el cumpleaños. «Pero deja eso que se te va a caer.» ¿Esa había sido mi madre? «Que no, que puedo solo», respondía Teo. Y después, el estruendo, los gritos, las risas de la Amona y un «no riñas al crío, que quería ayudar».

—Sé que está aquí, ¿sabes?

La voz de Ada me devolvió de golpe a la conversación.

—¿Quién?

—Mi madre.

Eso sí que no me lo esperaba.

No dije nada. Tampoco sabía muy bien qué decir. Claramente no se refería a la tía Blanca, sino a su madre biológica, la misma que todos daban por desaparecida y que muy probablemente hubiese fallecido por protegerla. ¿Pero cómo decirle algo así? Solo era una niña. ¿Cómo se asimila algo así siendo tan pequeña?

—Ada...

—Sé que Teo dice que me volví loca, pero...

—¡No hagas ni caso a Teo! —exclamé—. Tiene la sensibilidad de un mosquito y no piensa las cosas. Todos sabemos que no eras tú, que era Gaueko que estaba jugando contigo y te hacía pensar cosas que verdaderamente no sentías.

Ada aguardó unos instantes en silencio, jugando con los dedos, como si meditase cuál podía ser su siguiente respuesta.

—Yo la vi, Emma. Bueno, verla verla no la vi, pero sí la sentí. En el bosque. Me enseñó a hacer magia. Me acuerdo perfectamente, yo estaba desesperada porque quería aprender a hacer magia y de pronto... —Agitó la cabeza—. Era ella, estoy segura.

Negué con la cabeza.

—Ada, eso es lo que Gaueko quería que pensases para que siguieras sus señales y bajases la guardia. Él era el primer interesado en que aprendieses a usar la magia, ¡piénsalo! Era un plan perfecto.

—Esto no fue parte de su plan. —Pocas veces la había escuchado expresarse de una forma tan tajante—. A ver, sé que jugó conmigo. Sé que utilizó muchos trucos y que estuve a punto de... hacer cosas muy malas por su culpa. Pero también sé lo que sentí. Y ese momento en el bosque no tuvo nada que ver con Gaueko.

Lo dudaba muchísimo. El dios de las Tinieblas nos había demostrado con creces lo poderoso que era y la enorme capacidad que tenía para hacer de la mente de cualquiera una marioneta que bailaba a su antojo. Ada no era una excepción, y me preocupaba que ni aun ahora, después de haber visto lo que era capaz de hacer, pudiera darse cuenta.

—Fue real —insistió en voz bajita—. Y me da igual que penséis que estoy loca, porque algún día la voy a encontrar.

Los ojos marrones de Ada se clavaban en los míos y me fue imposible decirle nada de lo que estaba pensando. Dejé escapar el aire que estaba conteniendo y, con ello, escaparon también mis intenciones de ser la voz de la razón. Tenía un montón de argumentos agolpándose en mi paladar, pero decidí, por una vez, tragármelos todos.

Simplemente, llevé mi mano a la suya y la apreté un poquito.

Al otro lado de la ventana estaba dejando de llover y los rayos de sol trataban de filtrarse entre el gris de las nubes.

La celebración del cumpleaños de la Amona fue un despliegue de todas esas cosas que tanto le gustaban a mi familia: todos juntos alrededor de una mesa, anécdotas de cuando nuestros padres eran pequeños y conseguían sacarla de quicio y... comida, mucha comida. Era ya parte de la tradición del lugar preparar la brasa todos juntos y vigilarla mientras picoteábamos un poco y hablábamos de un montón de cosas.

Para cuando la carne estaba lista, realmente estábamos tan llenos que no podíamos con todo y siempre quedaban sobras para seguir comiendo unos cuantos días más. Era algo que se sabía y que no importaba, o que tal vez era parte de la gracia. Conforme fueron pasando los años, me di cuenta de que el objetivo no era tanto la comida en sí, sino todo el momento previo de la preparación: el tío Fermín explicándole a Teo cómo mantener la temperatura perfecta de las brasas, la tía Blanca agobiándose por la humareda y asegurándose de que todo estaba bajo control, la Amona poniendo caras raras al probar algo de lo que traíamos de Alemania, mi padre contando uno de sus chistes sin gracia, Ada robando media tabla de queso con escasa sutileza...

E igual de tradicional era que, después de semejante banquete, la Amona plantase su famosa cuajada encima de la mesa y que todos se quejaran con las manos en la barriga diciendo «¡pero si no puedo más, Ama, por favor!», pero aun así siempre consiguieran tomar un poquito. Para mí esa era mi parte favorita, así que yo conscientemente siempre dejaba hueco para el postre. El sabor era totalmente distinto a cualquier otro postre que hubiera probado en Alemania o en ningún sitio, un poco como a quemado. Creo que cuando era muy pequeña, me quejaba y decía que estaba muy fuerte, pero poco a poco me fueron convenciendo para que le diera una oportunidad y ahora ya era indiscutiblemente el sabor de casa de la Amona. Cuando éramos pequeños, nos llevaba con ella para que viéramos cómo la preparaba en una marmita, con piedras al rojo vivo para hacer hervir la leche. Me alucinaba.

Evidentemente, los adultos se habían echado una buena siesta después. Aun así, nos pusimos todos en marcha antes de que atardeciera porque mis tíos tenían muchas ganas de ver el Festival del Ganado de Elizondo, que por lo visto era otra de esas cosas que había que ver sí o sí en esta época del año.

—¿Tenemos que ir de verdad? —protestó Teo—. ¿No podemos quedarnos nosotros jugando por el pueblo?

La Amona le revolvió el pelo.

—Os va a encantar.

No se equivocaba. El mercado de Elizondo se había llenado de animales de todo tipo, desde cabras y ovejas hasta cerdos e incluso ponis, y alrededor se agolpaban los vecinos a hablar con los ganaderos, y los niños curiosos asomaban la manita por la verja deseando tocarlos. Ada no tardó en abrirse paso entre ellos, obsesionada con la oportunidad de acariciar a un poni. Típico de Ada lo de no tenerle miedo a nada.

Mientras nuestros padres se daban una vuelta y aprovechaban el momento para tomarse algo y ponerse un poco al día, nosotros tres y la Amona invertimos un buen rato paseando entre los animales y descubrimos los cientos de puestecitos que había por las calles del pueblo, en los que vendían artesanía, productos típicos, dulces...

En medio de Elizondo, como siempre, partiendo el pueblo en dos, el río Bidasoa era un espejo de todos los colores.

—¡¿Qué es eso?! —chilló Ada de pronto.

En medio de la plaza, había descubierto un puestecito ambulante alrededor del cual se arremolinaban un montón de niños. Conforme nos acercábamos, me di cuenta de que de aquel artilugio, metálico y con algún dibujo infantil, emanaba un olor familiar.

—¿Castañas?

La Amona asintió sonriendo. Efectivamente, se trataba de un castañero, y los niños a su alrededor le miraban embelesados. Pero no precisamente por sus cucuruchos de castañas, que calentitas tenían una pinta tremenda, sino porque les estaba hablando, gesticulando y abriendo mucho los ojos, acompañado de un guante que parecía una marioneta. Siempre había sabido que, tanto en Navarra como en el País Vasco, el castañero era una tradición muy arraigada y querida entre la gente, pero lo que no sabía es que también contasen cuentos.

—¿Podemos quedarnos? —Ada tironeaba de la manga del abrigo de la Amona.

No tuvo que hacer mucho esfuerzo por convencerla. Me di cuenta de que también la Amona quería disfrutar con sus nietos de lo que para ella había sido algo tan propio de su infancia.

—Vamos a sentarnos, venga —la apremió buscando un sitio. Se sentaron juntas en medio de la multitud.

Teo, en cambio, me dirigió una mirada suplicante y me hizo entender perfectamente que el tema del cuentacuentos le daba una pereza tremenda. Me apiadé de él y, en vez de ir a sentarnos con ellas, decidimos quedarnos de pie, un poco apartados.

El castañero tenía una voz gruesa y potente que parecía llenar la plaza entera. Cuando hablaba, paseaba la vista por las hileras de niños, deteniéndose en cada uno de ellos como si quisiera asegurarse de que mantenían su atención.

—¡... y así es como se convirtió en un ratón! ¡Y los niños pudieron volver a jugar en el bosque sin miedo!

Los niños estallaron en aplausos.

—Ay, vaya, lo hemos pillado terminando —dije.

—Una pena.—Teo tamborileó las manos en sus piernas. La verdad es que parecía poco afectado—. Bueno qué, ¿nos vamos?

Pero antes de que pudiéramos llamar a la Amona, todos los niños empezaron a corear «¡otro!, ¡oootro!, ¡oootro!». Teo puso los ojos en blanco y el castañero, después de hacerse de rogar unos minutos disfrutando de los aplausos y chillidos de su audiencia, volvió a hablar.

—Este es el último, ¿eh? —advirtió, y aprovechó la pausa para guardar la marioneta y dar una vuelta a las castañas con su manopla—. Os he contado muchísimos hoy, ¿cuál queréis que os cuente?

—¡El del dragón y la princesa! —pidió una niña de la primera fila.

—¡No, ese nos lo contó ayer! ¡Cuéntanos uno nuevo!

—¿Uno nuevo? ¡Pero si os los sabéis todos! —El castañero rio unos instantes y echó la vista hacia el cielo, concentrado, con sus cejas pobladas arrugadas como si estuviera a punto de inventarse algo. De pronto, cambió ligeramente su semblante y su mirada se agudizó ligeramente. Nos miró a todos después, valorando qué hacer a continuación, pero decidió aceptar el reto—. Vale, el que os voy a contar ahora seguro que no os lo sabéis.

Los niños estaban encantados. Ada, en las primeras filas, también se preparaba para escuchar con toda su atención.

—Había una vez una bruja...

Con el rabillo del ojo, vi que Teo me dedicaba una sonrisa cómplice. No dejaba de ser divertido. Circulaban tantos cuentos por ahí sobre brujas... si ellos supieran. ¡La mayoría estaban tan equivocados! Todo eso de los sombreros de pico, las verrugas en la nariz, los gatos negros... ¿Cómo podía ser que estuvieran tan alejados de la realidad? De pronto se me ocurrió que a lo mejor todo había empezado como producto de la envidia: conoces a una persona que puede hacer magia y tú no, así que te dedicas a inventarte barbaridades destinadas a aislarla socialmente durante el resto de su vida. Nora nos lo dijo una vez: el miedo a lo desconocido había sido la perdición de los brujos, y por ello habían rechazado, ¡e incluso llevado a la hoguera!, a tantas personas a lo largo de la historia bajo el pretexto de estar invocando al diablo o volando en su escoba.

Si la gente supiera la verdad, los cuentos serían tan diferentes...

—¡Pero no os creáis que era una vieja fea que hervía sapos en su olla mágica! ¡No, no! —continuó el cuentacuentos—. Era una jovencita muy muy guapa. Tanto que las criaturas del bosque suspiraban por su belleza y cuentan que hasta las flores se abrían a su paso.

—Vaya, esto es nuevo —le dije a Teo sorprendida.

—Hombre, igual el momento de las flores abriéndose es exagerar un poquitín... —refunfuñó mi primo.

Le pegué un codazo.

—Es una forma de hablar. Mejor eso que lo de las verrugas, ¿no?

Ajeno a nuestras trifulcas, el castañero entornó los ojos y miró a su audiencia con una sonrisa pequeña:

—Aparte de su belleza, nuestra bruja os habría parecido una chica completamente normal. De pequeña, iba al colegio. ¡Como vosotros! Aunque no iba a una clase común con el resto de los niños, sino que iba con otros brujitos y las brujitas, porque vivían en un mundo diferente...

Un momento.

¿Estaba hablando de lo que yo creía que estaba hablando?

—... un mundo en el que estaban atrapados, junto con criaturas mágicas e increíblemente poderosas, como gigantes, duendes...

—¿Hadas? —probó un niño.

—¡Unicornios! —aseguró otra.

La multitud estalló en una carcajada, pero de repente tanto a Teo como a mí se nos había cortado el humor para las bromas. Nos miramos de reojo. Los ojos redondos de mi primo reflejaban una mezcla de incredulidad y susto. El castañero rio:

—¡De acuerdo, de acuerdo! Tenéis muchísima imaginación.

—¿Y por qué estaban atrapados?

—¡Ajá! Esta niña de aquí es listísima —señaló—. Estaban atrapados por una maldición que les obligaba a vivir en ese mundo bajo las órdenes de un rey muy muy malo que quería aprovechar su magia para dominar el mundo.

Entre el público, pude notar la tensión en la espalda de la Amona. Ada la miró y después giró su cuerpecito hacia nosotros. Yo me encogí de hombros, igual de sorprendida que ella, con el corazón latiendo fuertemente contra mi pecho.

—¿Está hablando de...? —comenzó a decir Teo.

—¡Shh!

Frunció el ceño.

—¿Shh yo? —Chascó la lengua y bajó la voz, acercándose más a mí—. No soy yo el que está contándole ya-sabes-qué a un grupo de por lo menos treinta niños.

Agité la cabeza.

—Solo es un cuento, Teo —dije con más seguridad de la que sentía—. Lo habrá oído en alguna parte y lo está contando, ya está. Igual que el cuento de la princesa y el guisante.

—Sí, salvo que esto es ver...

—¡Teo! ¡Shh!

Mi primo se revolvió el pelo y tironeó de mi brazo, obligándome a inclinarme hacia él de nuevo para hablarme con voz muy bajita.

—¿Y si es... ya sabes, uno de nosotros?

Antes de que pudiera responderle, la voz del castañero volvió a hacerse con la plaza, y todos, también nosotros dos, enmudecimos al instante.

—Pero pronto nuestra joven bruja se dio cuenta de que no era como las demás. Al principio pensó que no sabía hacer los mismos conjuros que los demás niños, y eso la frustraba enormemente. Lo intentaba y lo intentaba, pero no conseguía repetir los trucos de sus compañeros. «¿Qué me pasa?», pensaba, «¿es que soy una bruja de pega?» —Aguardó hasta que se lo permitieron las risas de los niños—. Pero un buen día, salió al bosque a recoger setas para su abuelo y se encontró con un lobo. Tenía miedo, muchísimo muchísimo miedo. Le habían dicho cosas horribles sobre los lobos, como que utilizaban sus dientes afilados para comerse a los niños pequeños. Así que la bruja cerró los ojos y se concentró, apretando la cesta de las setas contra su pecho y deseando muy muy fuerte que el lobo la dejase volver a casa de su abuelo. ¿Y sabéis qué pasó? Que el lobo la escuchó. Y no solo la dejó pasar, sino que la acompañó por el bosque, asegurándose de que llegase sin ningún peligro.

No sé lo que respondieron los niños. De pronto todo era una algarabía y una mezcla de chillidos casi incomprensibles. Tampoco podría haberlos entendido aunque quisiera. Mi cabeza estaba demasiado concentrada asimilando lo que acababa de contar el castañero. Una niña que hablaba con los lobos... No... no podía ser. ¿Verdad?

«Es un cuento, Emma. Solo es un cuento.»

—Así es como la joven se dio cuenta de que era diferente al resto de las brujas —añadió, engrosando la voz—. Y no porque no supiera hacer magia, sino porque tenía sangre de lobo en sus venas.

Sangre de lobo. ¡¿Sangre de lobo?!

—Emma, está... ¿está...? ¿está hablando del linaje p...?

—Teo, es un cuento.

«¿Verdad?»

—¡Pero eso era algo muy peligroso! —prosiguió—. Porque si el malvado rey se enteraba, la raptaría inmediatamente para utilizar su inmenso poder en su favor. Así que nuestra bruja aprendió a esconderse y a pasar desapercibida entre el resto de las brujas, y a no contarle su secreto a nadie. Pero conforme pasaban los años, era más y más difícil, porque su poder crecía con ella y era imposible de contener. Cuentan que se enamoró de un brujo bueno a quien se atrevió a confiar por fin su secreto, y él le juró que escaparían lejos, muy lejos, donde el malvado rey no pudiera encontrarles. ¡Pero el rey era más listo que todos ellos y descubrió el plan del joven brujo!

—¿Y qué pasó con él?

—Nadie lo sabe... —respondió alzando mucho las cejas—. Pero nuestra joven bruja estaba desolada, y lloraba tanto que pensó en dejar de esconderse para siempre hasta que... supo que esperaba a una hija. Y decidió que tenía que protegerla de las manos del malvado rey. ¿Pero cómo? ¡El rey era tan poderoso que tenía ojos en cualquier parte!

Mi corazón dejó de latir. Hacía un rato que Teo me había dado la mano y la sentía, sudorosa, contra mi palma.

—De repente... ¡se le ocurrió una idea! Envolvió a la niña en unas mantas y se la entregó al bosque, suplicando a los árboles que la escondieran como si no fuera una bruja, que se la arrebatasen de sus brazos y la sacasen del mundo de la magia. Y así es como ocurrió: esa niña pequeña se crio como una niña normal, ¡como una de vosotros!, despojada por completo de su auténtico poder. Y, mientras tanto, su madre encontró un hogar imposible de hallar para los ojos de cualquier humano, y desde allí la observa, cuando el cielo es muy muy oscuro, para seguir cuidando de ella.

Esta vez ni siquiera Teo tuvo el valor de decir nada. Se limitó a mirarme patidifuso, mientras los niños aplaudían y jaleaban por otro cuento más, y a mí me costaba esfuerzo respirar con normalidad. Sin saber muy bien qué más hacer, tiré de él hacia la Amona y Ada, que ya se habían puesto de pie.

La expresión de Ada era imposible de descifrar. La Amona le acariciaba el pelo tratando de tranquilizarla, pero pude darme cuenta de que también le temblaban las manos al hacerlo. Ninguno de los cuatro hacía ni decía nada y nos quedamos unos segundos clavados allí, ligeramente alejados del bullicio, mientras el cielo de Elizondo se ennegrecía más y más, a punto de romperse en una tormenta. Sentí un escalofrío cuando me cayó la primera gota.

Ada entreabrió los labios.

Miró a la Amona.

Respiró entrecortadamente y entonces clavó su mirada húmeda en mí. Al pestañear, dos largas lágrimas se desbordaron por sus mejillas. Su voz sonó rota:

—Te lo dije. Mi madre está viva.

3

Ada

Ada, por favor, al menos escúchanos.

—Si vuelves a decirme que solo era un cuento, te prometo que voy a gritar.

Nuestras voces eran susurros en medio de la oscuridad de la habitación. Emma se había sentado conmigo en mi cama, y Teo, tapado con una manta, permanecía en el suelo con los ojos como platos.

Había pasado todo el camino de vuelta desde Elizondo caminando deprisa mientras tanto mis primos como la Amona trataban de seguirme el ritmo y no paraban de decirme tonterías que supongo que pretendían tranquilizarme. «Que es un cuento tonto, hija, que como ese nos han contado un montón toda la vida», decía la Amona, y Emma le daba la razón: «No puedes sacar una conclusión tan tremenda solo por un cuento».

Pero ¿de verdad no podía? Pretender que no sacase conclusiones era absurdo.

—Habéis oído el cuento tan bien como yo —repetí por enésima vez, en esta ocasión de vuelta en nuestra habitación y con muchísimo cuidado de que no nos escuchase nadie. La Amona nos había excusado nada más cenar porque sabía que necesitaríamos hablar de lo que nos acababa de pasar, pero no podíamos estar seguros de que uno de nuestros tíos no fuese a aparecer de repente—. Un mundo en que los brujos viven recluidos por ser diferentes: Gaua. Un «rey» malvado que quiere poder: Gaueko. Una chica diferente que lleva la sangre de lobo, que tiene una niña y que la entrega al bosque para esconderla. ¡Es que es mi madre! Es justo lo que nos contó la Amona, ¡mi madre me entregó al Basajaun!

En medio de la oscuridad, pude adivinar que Emma se llevaba las manos a la frente y enredaba los dedos entre las raíces del pelo. Respiró muy fuerte.

—Sé cómo sonaba —dijo—. Y te admito que son demasiadas casualidades...

—¡Casualidades! —exclamé, quizá demasiado alto. Teo se llevó un dedo a los labios para indicarme que bajase la voz y lo hice, a regañadientes—. ¡Ese señor sabía perfectamente lo que es Gaua! No nombró a los galtxagorris de milagro.

—En esto estoy con Ada... —participó Teo con cautela.

Emma volvió a suspirar. Me dio la sensación de que echaba en falta a la Amona, que había sido quien más respaldaba su opinión de que todo había sido un alegre malentendido.

—Lo sé —reconoció—. Es posible que sepa algo. Aunque tampoco sabemos si es algo que le han contado o si realmente es uno de nosotros.

—No sería tan descabellado —me respaldó Teo una vez más—. Yo a lo mejor también me hago rico contando todo esto cuando me haga mayor.

—La cuestión es —Emma se estaba convirtiendo en una experta en ignorar las bromas de Teo— que una cosa es que verdaderamente el cuento estuviera inspirado en Gaua y otra que estuviese hablando de tu madre.

Me llené los carrillos de aire, reprimiendo la frustración. ¡Pocas personas conseguían exasperarme tanto como Emma! Podría tener delante un elefante rosa, podría verlo enfrente de sus narices, tocarlo o incluso montarse encima, que ella seguiría negándolo solo porque se supone que no existen. Quise empezar a patalear en la cama o tirar la mesilla al suelo. Y por encima de todas las cosas, quise irme de allí y dejar de perder el tiempo en dar explicaciones. Pero me contuve.

—Voy a ir a buscarla —dije simplemente.

—De ninguna manera.

Teo nos miró a las dos como si estuviera asistiendo a una partida de tenis.

¿¡De verdad tenía que explicar lo evidente?!

—Emma: hablaba de sangre de lobo. Y de que el supuesto rey quería su magia para dominar el mundo. ¡Pues claro que estaba hablando de mi madre!

—¿Y si te equivocas?

—¡Sé que no me equivoco! ¡Está viva! Te lo he dicho esta misma mañana. La sentí, estuve con ella, ¡estoy totalmente segura!

—No vas a cruzar el portal solo porque tengas un presentimiento, Ada. Gaueko te está buscando y no te vas a poner en bandeja. Parece mentira, ¡es como si se te hubiera olvidado todo lo que pasó en Navidad!

—Chicas...

Las dos dirigimos la mirada a Teo, que se abrazaba las piernas en el suelo.

—¿Habéis pensado en hablar con el castañero? Porque digo yo que él podrá decirnos más cosas, ¿no? Si se lo ha inventado, si lo escuchó a alguien, si sabe algo más...

El silencio después de las palabras de nuestro primo fue sepulcral. Jamás pensé que diría algo así, pero Teo acababa de proponer la opción más lógica. Pestañeé despacio, un poco aturdida.

—De acuerdo —dije al rato—. Mañana volveré a Elizondo e iré a ver al castañero.

—Iremos —me corrigió Emma. Casi sonaba a amenaza—. Y hablaremos con él y decidiremos, ¿vale? Hasta entonces, simplemente, no hagas ninguna tontería. Te juro que, si tengo que atarte a la cama, lo haré.

Puse los ojos en blanco, pero mi prima no se dio por

vencida hasta que no asentí con la cabeza. Aun así, antes de volver a su cama se cercioró de que la ventana estuviese convenientemente cerrada y que la despertaría si intentaba abrirla a hurtadillas.

Imagino que no pegó ojo en toda la noche.

Pero no me escapé. Esta vez no. Teo tenía razón, y habría sido muy imprudente por mi parte lanzarme por el pozo sin tener ni idea de dónde empezar a buscar. El castañero tenía que saber algo, esa historia se la habría contado alguien, y ese era un buen punto de partida. Así que aguanté toda la noche y, al día siguiente, según los primeros rayos de sol se filtraron por las cortinas, me puse de pie de un salto.

Nos pusimos en marcha en cuanto pudimos hacerlo sin llamar demasiado la atención. La excusa de que queríamos salir a explorar un poco el pueblo era tan creíble que apenas despertó sospechas. Excepto, por supuesto, en la Amona, que había escuchado el cuento tan bien como nosotros y podía imaginarse sin esfuerzo la batalla que estaba viviendo en mi interior.

Antes de dejarnos partir, me sujetó la barbilla y se inclinó hacia mí.

—No os metáis en líos, ¿eh?

Sus hijos estaban tan cerca que supe que esa frase, en realidad, estaba en clave, y mi cabeza completó el resto de de ella simplemente con mirarla a los ojos: «Prométeme que volverás a casa». Sonreí, intentando tranquilizarla. Ayer había estado tan pendiente de mí, tan preocupada, que había llegado incluso a atosigarme. Durante el camino de vuelta a casa, me había recordado una y mil veces lo muchísimo que me querían todos, también mi madre Blanca, «como si tuvieseis la misma sangre, Ada», y me insistió tantas veces en que era absurdo rebuscar en el pasado que pensé que no tenía sentido tratar de explicarle cómo me sentía. Porque claro que quería a mis padres, ¡muchísimo!, pero es que esto no tenía nada que ver. No era que mis padres no fuesen suficiente, ¡no quería que lo percibiera así! Sencillamente, había algo dentro de mí que necesitaba resolver. Todavía tenía demasiadas preguntas a las que nadie había sabido dar respuestas. Y sabía que solo las tendría cuando finalmente pudiera conocer a mi otra madre.

—Volvemos en un rato, Amona —dije manteniendo la sonrisa. No sé si le convenció demasiado, pero agité la mano con efusividad y me di la vuelta deprisa para que no me analizase mucho más.

Elizondo estaba algo más tranquilo cuando llegamos, y los vecinos parecían estar despertándose despacio, deteniéndose a desayunar con calma en las cafeterías, o a recoger el periódico y una barra de pan. El murmullo del río se mezclaba con los pájaros, y todo se veía tan tranquilo, tanto... que de alguna forma parecía irreal. Porque dentro de mí el río no corría en calma, ni sonaban los pajaritos. ¿A mí? A mí el corazón se me iba a salir por la boca en cualquier momento.

El castañero estaba justo donde le encontramos la última vez. Eso sí: esta vez no había niños y él parecía concentrado en sus castañas, removiéndolas con cuidado.

—Es él, menos mal —dije recuperando un poco el aliento.

Nos acercamos despacio y le observamos mientras llenaba un cucurucho de castañas y se lo vendía a un señor mayor que contaba las monedas una a una en la palma de su mano.

—¡Gracias, hasta mañana! —se despidió el castañero, y nos dirigió una mirada curiosa a los tres. Por un momento creí que nos había reconocido—. ¿Os apetecen unas castañas?

Negué enérgicamente con la cabeza y dije:

—Queremos hablar.

Pero Emma dio un paso por delante de mí y me dirigió una mirada con la que me invitaba a quedarme calladita un rato. Tal vez había sonado demasiado impaciente, ¡pero es que no teníamos tiempo que perder!

—Perdona a mi prima —dijo, y se le escapó una risa un poco nerviosa—. Es que ayer estuvimos escuchando tus cuentos y nos gustaron mucho.

—¡Anda! —Parecía halagado—. Qué bien, oye, ¡muchas gracias! Pues repito esta tarde, si os animáis.

—Hum... sí, claro que nos pasaremos —dijo—. Pero es que queríamos preguntarte por uno de los cuentos que contaste.

El hombre alzó las cejas y nos miró sorprendido, pero terminó por quitarse la manopla con la que revolvía las castañas y se inclinó hacia nosotros.

—Claro, ¿cuál?

Esta vez no pude evitar adelantarme a mi prima:

—El de la bruja con sangre de lobo. —El castañero se me quedó mirando sin reaccionar, con una expresión rarísima en la cara—. La... bruja que salva a su hija entregándosela al bosque.

Parpadeó un par de veces, mirándome primero a mí y después a Teo y a Emma, con un poco de estupefacción.

—Perdonad, pero es que no tengo ni idea de qué cuento me estáis hablando.

Sentí la sangre palpitando en mis sienes con tanta fuerza que creí que me iba a marear. Tenía que ser una broma.

—Pero si lo contaste ayer —susurré.

También Emma parecía totalmente desconcertada. Se recolocó el pelo por detrás de las orejas y se acercó más al puesto de castañas.

—Un mundo en el que los brujos estaban recluidos, un rey malvado sediento de poder... —le explicó, para ayudar a su memoria.

—¿Seguro que era yo? —Estalló en una carcajada, pero yo no le encontraba la gracia por ninguna parte—. Porque suena bastante bien, si me contáis más lo incorporo a mi repertorio.

—Oye, no es ninguna broma —protesté.

Creo que entonces comprendió la seriedad de la situación o, al menos, la tensión con la que los tres esperábamos que nos diera una respuesta. Supongo que tenía que ser un poco absurdo que tres niños vinieran tan nerviosos a hacerte preguntas sobre un cuento de brujas, pero... si volvía a hacer una broma más, no iba a hacerme responsable de mis actos.

—Mirad, niños —nos dijo alzando sus palmas—. Me gustaría ayudaros, pero de verdad que yo no he contado ese cuento en mi vida. Que no me suena de nada, vaya.

Miré a Emma, consciente de mi propia desesperación, y ella se acercó a mí y me cogió del brazo con suavidad.

—Gracias por tu ayuda —dijo, y tiró de mí hasta alejarme del castañero. Teo nos seguía un par de pasos por detrás.

—¡Está mintiendo! —dije, tratando de liberarme—. ¡Déjame hablar con él!

Emma miró a su alrededor para asegurarse de que no nos escucharan.

—¿Y si no está mintiendo?

Teo arrugó la nariz y dijo:

—Pero si lo escuchamos todos.

—Me refiero —explicó Emma— a que ¿y si de verdad no recuerda haber contado ese cuento?

Me solté de Emma y respiré profundamente, tratando de calmarme y ordenar mis pensamientos. En mi cabeza se unían tantas imágenes y recuerdos que no sabía ni por dónde empezar: el Inguma había sido capaz de provocarnos pesadillas, Gaueko había hablado conmigo en mi cabeza... ¿sería posible que alguien hubiera utilizado al castañero para hablarnos a través de él? Comencé a sentir como Elizondo daba vueltas y vueltas a mi alrededor y hasta el suelo que pisaba se volvía una superficie inestable.

—Ada, te estás poniendo blanca.

—Estoy bien —dije, aunque era cierto que necesitaba sentarme y aproveché una farola para apoyar mi peso contra ella—. Os dais cuenta, ¿no? Tengo que cruzar el portal.

—¡Ada!

—Emma: esto no hace sino demostrar lo que intentaba deciros ayer. ¡No es un cuento! Si fuera un simple cuento, lo recordaría perfectamente. ¡Aquí hay algo más! Y sé que todo esto puede llevarme a mi madre.

Mi prima se llevó las manos a la nuca.

—Sí, eso está claro. Pero razón de más para que no cruces el portal. A mí todo esto me huele muy mal, y estoy segura de que de alguna forma Gaueko está detrás de todo esto.

—Estás obsesionada.

—¿Ah, sí? —Me di cuenta de que la había ofendido de

verdad—. ¿Y cómo si no explicas que un hombre haya aparecido por aquí y nos haya contado una historia sin darse ni cuenta? Ese es el tipo de cosas que hace, Ada. Lo hacía contigo. Es perfectamente capaz de hacer algo así, y sabemos que está detrás de ti...

Las rodillas me flaqueaban y me aferré aún más a la farola. Era muy consciente de que cada una de las cosas que me decía Emma estaba cargada de lógica, y que era muy probable que se tratase de un nuevo truco. ¿Pero cómo explicarle lo que sentí aquel día en la nieve? ¿Cómo podía contarle la oleada de amor, de conexión, que había notado invadiéndome? Sabía que había sido mi madre con la misma intensidad con la que ahora sabía que estaba allí fuera, esperándome, y que este cuento era la primera pista que podía acercarme a ella.

Tenía que seguir adelante, tenía que descubrir hacia dónde me llevaba esto. Si no, no me lo perdonaría nunca.

Estaba decidida.

—No espero que lo entendáis —dije tras unos minutos buscando las palabras—. Necesito cruzar el portal y buscarla porque sé que está ahí, en alguna parte. Ella arriesgó su vida por ayudarme a escapar y yo no me voy a quedar de brazos cruzados. Entiendo perfectamente que os dé miedo y que penséis que esto es una locura, pero es que lo voy a hacer. Y si cuento con vuestro apoyo me marcharé ahora mismo e iré bien preparada, pero si no... encontraré la manera de escaparme. Sabéis que lo haré.

Dije todo eso y me quedé sin aire, pero al mismo tiempo, aliviada por mi propia determinación. Ya no había vuelta atrás.

Me fijé en Teo, que me miraba como si me hubiese vuelto loca, y después en Emma, cuya expresión era bastante más difícil de comprender. No sabía si iba a darme un abrazo o si estaba a punto de placarme y maniatarme para asegurarse de que no iba a ninguna parte. En cualquier caso, por mucho que hubiera tratado de analizarla, jamás habría podido adivinar lo que estaba a punto de decirme:

—Voy contigo.

4

Teo

—¡Te has vuelto completamente loca!

Ya de vuelta en casa, Ada había corrido a su dormitorio para hacerse una mochila con la ropa que podía necesitar en Gaua, y Emma, mientras tanto, estaba buscando en la cocina alguna lata de comida que les pudiera servir en caso de necesidad. Yo la había seguido y daba vueltas y vueltas sobre mí mismo, esperando... ¡yo qué sé!, que se contagiase un poco de mi incredulidad y se diera cuenta de que estaban a punto de hacer una tontería tremenda.

Pero Emma no decía nada. Seguía concentrada, agachada frente a un armario abierto de la despensa y, tras mirar un poco, añadió un pack de seis bricks de zumo a su bolsa. Era exasperante. Era ridículo.

Seguí dando vueltas por la cocina sin dar crédito hasta que al final me quejé.

—¡¿Por qué tengo que ser yo el del sentido común?!

—Mi alarido le provocó un respingo—. ¡Que tú eres la mayor! ¡Pon un poco de... cabeza, yo qué sé! Que eres... ¡que eres Emma!

Alzó la cabeza y me miró con las cejas gachas.

—Pues precisamente, Teo.

¿Esa era una respuesta? Me crucé de brazos, esperando dejar muy visible mi indignación.

—Pues no lo entiendo. Creía que la idea era evitar que Ada volviera a meterse en líos, ¡no acompañarla! —dije, pero Emma seguía a lo suyo y se había vuelto a enterrar entre los cajones, buscando cosas con rapidez e ignorándome completamente. Sentí que me ardía la cara y finalmente estallé—. Es por Unax, ¿no? Quieres aprovechar para volver a verle.

Esta vez sí, Emma se puso de pie frente a mí y me clavó una mirada tan afilada que durante un segundo me dio hasta un poquito de miedo.

—Esto no tiene nada que ver con Unax. —Tragué saliva. Me quedó bastante claro—. Además, tú eres el primero al que le flipó Gaua.

—¡No, si a mí me encanta! Lo que no me encantan tanto son los gentiles que intentan asesinarte, los galtxagorris que te roban el mp3, los dioses malvados que intentan raptar a tu prima... —enumeré.

Emma cerró la cremallera de su mochila de un movimiento ágil y se la puso en la espalda.

—Pues por eso voy a acompañarla —me dijo—. Si esa

primera vez... si no hubiéramos discutido, Ada nunca se habría ido en mitad de la noche a saltar por un pozo y Gaueko no la habría descubierto. ¿Y en Navidad? Volvimos a dejarla sola, Teo. Gaueko estaba hablándole en su cabeza y no me di ni cuenta. Se enfrentó a eso sola. Una niña de nueve años.

Parpadeó deprisa y desvió la mirada rápidamente. Entonces me di cuenta: Emma sentía que todo era culpa suya, y quería acompañarla porque se sentía responsable. Quise decirle algo, repetirle que estaba equivocada, o... ¿reconfortarla de alguna manera? Pero yo qué sé. No sé si alguna vez has intentado abrazar a un erizo, pero creo que sería una experiencia bastante parecida. No tenía muchas ganas de probar mi suerte.

Emma pasó por delante de mí, decidida, en dirección a las escaleras que llevaban a la planta de arriba.

—Has oído a Ada —me dijo sin volverse para mirarme—. Va a irse de todas formas, con o sin nuestra ayuda. Así que esta vez voy a ayudar.

La seguí en el camino hacia nuestros dormitorios y me dirigí como un autómata hacia el armario, echando un vistazo a los jerséis que me había traído y tratando de decidir cuáles me aislarían más del frío en un lugar donde siempre era de noche.

—¿Qué haces? —me dijo Emma echándome una ojeada rápida desde el marco de la puerta.

—No pretenderéis que me quede aquí para comerme yo solo la bronca de nuestros padres.

Por la mueca que puso, a Emma no le hizo ni pizca de gracia que decidiera acompañarlas: exponer a una persona más, ponerme en riesgo a mí también, blablá... Podía notar la cabeza cuadriculada de Emma echando humo y elaborando una lista de todos los motivos por los que era una idea terrible. Pero no dijo nada. Creo que tanto ella como yo sabíamos que, aunque no fuéramos a reconocerlo nunca, no se nos daba mal el trabajo en equipo.

Total, que así es como acabé metiéndome en el lío más grande de mi vida, ¡que ya es decir! Esta vez ni siquiera le contamos nuestros planes a la Amona, porque estábamos tan seguros de que pondría el grito en el cielo y encontraría la forma de impedirnos que cruzásemos el portal, que decidimos no correr el riesgo. Así que nos limitamos a dejarle una nota de despedida explicándole todo y confiamos que, alguna vez, nos perdonaría. Eso si volvíamos vivos, claro..., que no pienses que yo las tenía todas conmigo.

Sentado sobre el pozo, con las piernas colgando hacia dentro, miré un par de veces a mi alrededor y disfruté de la luz del sol unos últimos instantes.

—Puede que no volvamos a ver el sol en un tiempo, ¿eh? —dije para romper el hielo. Aunque estaba un poco nervioso.

Emma tragó saliva.

—¿Quieres que vaya yo primero? —se ofreció.

—¡No! —exclamé, tal vez demasiado exageradamente. Estaba cansado de ser siempre el miedica, así que tomé aire, dirigí una mirada de falsa seguridad a mis primas y me impulsé con las manos para saltar en su interior.

Caí y caí y caí mientras el mundo entero se desvanecía.

Uno cree que terminará pillándole el truco a esto de cruzar portales, pero...

—¡Ouch! ¡Ah! —Me llevé la mano a la cabeza dolorida—. En serio, ¡tiene que haber una manera más fácil de hacer esto!

Parecía imposible caer de pie, no importaba las diferentes posturas que intentase hacer a la hora de saltar, porque mi cabeza siempre acababa impactando contra el suelo.

Una vez dejó de doler, miré hacia los lados tratando de acostumbrar a mis ojos a la luz más oscura a la que se habían enfrentado nunca. No sabría explicártelo, pero hay un negro más oscuro que el negro allá donde nunca se ve la luz del sol. Es como si el cielo fuera todavía más profundo, más inmenso, como una especie de mar que se extendía en oleadas, haciendo imposible distinguir el horizonte. Si mirabas hacia arriba, casi lo sentías envolviéndote, arropándote con su oscuridad.

Entonces apoyé mis manos en la hierba y... vaya, sí. Estaba en Gaua. En ese momento lo supe de verdad: era real. La sonrisa se desplegó sola por mi cara sin que ni siquiera intentase esconderla. Bajo mis dedos, sentía un pequeño cosquilleo que se hacía más y más grande, trepando por mis antebrazos y abriéndose paso hacia mis hombros y mi pecho. Lo sentía también en el aire que respiraba, en cada pequeña gotita de humedad que inhalaba y llenaba mis pulmones. La magia estaba por todas partes y mi corazón se agitaba tan solo por notarla, como si hubiese vuelto a la vida después de dormir durante mucho mucho tiempo.

Me tiré unos segundos hacia atrás, apoyando mi espalda en el suelo para extender esa sensación por todo mi cuerpo, riéndome sin saber muy bien por qué, y estuve así unos largos segundos hasta que escuché un golpe sordo a mi lado y me incorporé para mirar. Ada acababa de aterrizar haciendo una especie de croqueta patética que hizo que mi caída pareciera bastante más digna. Me acerqué para ayudar.

—¿Estás bien?

—Ss-sí —dijo, todavía en el suelo, frotándose el culo—. Más o menos. Un poco mareada, pero... bien.

Le tendí la mano para ayudarla a incorporarse y, cuando se estaba levantando, nos sorprendió la llegada de Emma, que cayó sobre sus dos pies, con las piernas ligeramente flexionadas y una postura firme, como si estuviera haciendo sentadillas en el gimnasio. ¡Así, sin despeinarse! La miré con los ojos como platos.

—¿En serio? —dije—. Venga ya.

Nos miró confusa por un momento, sin comprender por qué los dos la mirábamos como si acabásemos de verla cabalgando un unicornio. Cuando entendió el motivo de nuestra sorpresa, se miró las piernas (bastante más musculadas de lo que jamás estarían las mías, por cierto), se encogió de hombros y dijo:

—Es más cuestión de equilibrio que de fuerza. —Se dio un par de palmadas en los muslos—. Aunque esto ayuda, claro. ¿Nos vamos?

No me quedó otra que asentir, convencidísimo, mientras Emma sacaba de su mochila un par de linternas y se preparaba para guiarnos en el camino. Solo cuando llevábamos unos pocos pasos me di cuenta de que, en realidad, no tenía ni idea de hacia dónde nos dirigíamos. ¿Teníamos alguna especie de plan? El cuento del castañero había sido muy poco específico, y ponernos a buscar en Gaua como tontos...

—¿Alguien sabe adónde vamos?

Ada se había cubierto el pelo con un gorro de lana que le tapaba casi todo el flequillo y buena parte de las orejas, y caminaba decidida haciendo bailar su pompón.

—Quiero ver a Mari —dijo.

Y yo dejé de caminar inmediatamente.

—A Mari —repetí despacio esperando que en cualquier momento se dieran cuenta de que había sido una equivocación y se rieran de la tontería que acababan de decir. Pero ambas me miraban impertérritas—. A Mari, la diosa de todos los dioses. La creadora de todo, vaya, la todopoderosísima, la que, por cierto, probablemente, me odia porque interrumpí el baile de invierno con todo el rollo del portal abierto y poseyó a la líder de los Empáticos para amenazarnos. Esa Mari.

¡Pues no! Nadie me sacó de mi equivocación. Se habían vuelto completamente locas.

—Ay, madre —me quejé—. Esto va a acabar mal. Esto va a acabar tan mal...

Ada alzó sus brazos con exasperación.

—Ni siquiera te he pedido que vinieras —dijo, aunque no me miró en ningún momento y siguió caminando.

Pero Emma sí se dirigió a mí, un poco más comprensiva.

—Si su madre está en alguna parte, Mari tiene que saberlo.

—Y se lo vamos a preguntar, así sin más. —Engrosé la voz para simular la escena—: «Oye, mira, que estamos buscando a una persona, no sé qué tal te viene ayudarnos con esto, ¿cómo tienes la tarde?».

Con un gesto firme, Emma me indicó que era mejor que dejase las bromas para otro momento, y es cierto que Ada parecía estar haciendo esfuerzos para no mandarme a freír espárragos a otro valle.

—Teo, tranquilízate. Primero vamos a ver a Nagore

—me explicó Emma—. Ella nos dirá si es una buena idea o no. De todas formas, no tenemos ni idea de cómo hablar con Mari ni de dónde encontrarla, así que espero que ella pueda ayudarnos.

El abrazo que le dimos a Nagore casi la tiró al suelo. La encontramos saliendo de una de las clases, con su mochila al hombro cargada de libros. Se le cayeron todos cuando vio que éramos nosotros, y empezó a gritar y dar saltos hasta que, de pronto, se puso muy seria y las cejas se le juntaron en la frente.

—Vale, ¿qué ha pasado ahora? —Se cruzó de brazos—. Porque vosotros no venís a verme salvo que os hayáis metido en un lío.

Por mucho que me habría encantado hacerlo, ninguno de nosotros se lo supimos rebatir. Tenía toda la razón del mundo.

Después de poner los ojos en blanco y negar enérgicamente con la cabeza, nos llevó a su habitación para que pudiéramos hablar tranquilos. Cerró la puerta con pestillo y Ada empezó a contárselo todo: lo que había dicho el castañero, las sensaciones que había experimentado en la nieve y lo convencidísima que estaba de que su madre estaba viva. Cada poco, Nagore miraba a Emma y me pareció que compartían la misma preocupación. Al menos, Nagore fue lo suficientemente prudente como para no decir nada, ni siquiera para decirnos que lo que estábamos haciendo al haber cruzado el portal era una auténtica locura. Algo me decía que tuvo que morderse bastante la lengua para no decirlo.

—Vale —dijo al cabo de un rato—. Vale. Entonces queréis...

—Ir a ver a Mari —completó Ada con firmeza.

—Vale —volvió a decir Nagore, muy despacio, como si meditase muy bien su respuesta—. Veréis, Mari va cambiando de lugar según la época del año. Hay distintas cuevas y se cree que se va turnando dependiendo de las estaciones. Al menos, eso es lo que me contaba mi abuela. Hay una cueva muy cerca de aquí, creo que puedo llevaros hasta ella.

—¿Y cómo sabemos que estará allí? —preguntó Emma.

—No lo sabemos. Mirad, mucha gente acude a sus cuevas para hacerle ofrendas y para pedirle ayuda, pero no es habitual que Mari aparezca así como así. Es que si tuviera que aparecer por cada ser humano que tuviera problemas... ¡tú imagínate! —Conforme hablaba, Ada iba agachando la cabeza cada vez más abatida, por lo que Nagore se apresuró en añadir—: Pero sí dicen que nos escucha a todos. Y que nos ayuda, de un modo u otro.

—Vamos a perder el tiempo con esto —resoplé para mí.

Me dio la sensación de que Emma compartía mi opinión, pero agitó suavemente la cabeza.

—Al menos podemos intentarlo.

—Tenemos que intentarlo —la corrigió Ada eliminando cualquier posibilidad de réplica.

Nagore nos miró a los tres en silencio, y esbozó una sonrisa pequeñita.

—Os he echado mucho de menos —dijo antes de ponerse de pie—. De acuerdo, vamos.

La seguimos.

—Eh, ¿qué es esto? —Se detuvo en seco y señaló a mi mano como si acabase de ver un fantasma.

—Em... ¿Una linterna?

—Sé lo que es una linterna, he nacido en el Mundo de la Luz. Me refiero a qué hace aquí. ¡Nada de linternas! Sabéis que están prohibidas. ¿No os contaron todo esto el año pasado? Nada de productos electrónicos, ni de pilas, ni de nada parecido. Cualquier cosa que recuerde mínimamente la luz eléctrica está estrictamente prohibida y nos puede meter en un buen lío. Dejadlas aquí.

—¿Qué? —me quejé—. ¡Pero las necesitamos para ir a la cueva!

—Tenemos velas.

—Pero, ¿y si se apagan?

—Teo, vamos a ver a Mari. ¿De verdad quieres aparecer ahí quebrantando una de las principales normas de Gaua?

Gruñí. Me fastidiaba tener que darle la razón.

No tardamos demasiado en llegar hasta allí, rodeados de luciérnagas y el leve tintineo de la luz de las velas. Tras observar el paisaje con detenimiento, Nagore se detuvo, bastante segura, en un punto concreto frente a la ladera de una montaña. El musgo crecía por todas partes y la vegetación casi cubría una pequeña abertura entre las piedras, pero Nagore pudo apartarla con las manos y descubrir la entrada hacia el interior.

No era lo que yo había imaginado. En mi cabeza, la cueva donde vivía Mari habría sido algo parecido al enorme habitáculo en el que celebramos el Festival de Invierno. Esta no era ni tan grande ni tan majestuosa, ni daba la sensación de contener un palacio mágico donde podía vivir una criatura sobrenatural. De hecho, sin la ayuda de Nagore jamás habríamos conseguido identificarla y habríamos pasado totalmente de largo.

Apenas era un pequeño túnel escondido en medio de las piedras.

Emma asomó la cabeza, contrariada.

—¿Estamos seguros de que es aquí?

Nagore asintió enérgicamente y se apresuró a adentrarse en la cueva.

—Vamos, ¡entrad! —dijo, aunque de pronto recordó algo y estiró los brazos bloqueándome la entrada—. Acordaos, es superimportante: entramos, dejamos la ofrenda y solo entonces hablamos, ¿vale? Y bajo ningún concepto le damos la espalda.

Parpadeé despacio. Me daba la sensación de que, aunque hablaba en plural, la advertencia de Nagore iba bastante dirigida hacia mí. Sus ojos azules dibujaban una advertencia bien clara.

—Va en serio —repitió, de nuevo mirándome a mí—. Es una ofensa tremenda, os lo expliqué en el Festival de Invierno. Os acordabais, ¿verdad?

—¡Claro! —mentí.

Según entré, eché una ojeada a mi alrededor. El techo estaba cubierto de estalactitas que goteaban y la humedad hacía que de algún modo sintiese más frío del que hacía fuera de la cueva. Era verdaderamente estrecha, una especie de pasadizo sucio y siniestro que teníamos que recorrer en fila de uno y que, desde luego, invitaba muy poco a ser llamado hogar.

—¿De verdad la diosa más todopoderosa del mundo quiere vivir aquí? —pregunté en un susurro—. No sé, no creo que le falten opciones.

—¡Shh, Teo!, que igual puede oírte —siseó Nagore—. Además, probablemente lo haga porque quiere enseñarnos algo. Una cura de humildad, por ejemplo. O bien porque quiere que aprendamos que el poder de la naturaleza está en todas p-paart... ¡aaah!

Pegué un salto y corrí hacia Nagore sin pensármelo dos veces, preparándome mentalmente para tener que defenderla de un monstruo o algún otro tipo de una amenaza terrible. En su lugar, la vi enredada en una tela de araña, horrorizada y dando saltitos para intentar liberarse.

—¡Pero si es enana! —dije cuando encontré al artífice de aquella estructura. La aparté de Nagore y me aseguré de dejarla viva y coleando en el suelo—. ¿De verdad te dan miedo las arañas?

Se revolvió y sacudió toda su ropa. Después, trató de recuperar su dignidad y se recolocó el pelo, aunque seguía roja como un tomate.

—¿Sirve de algo que te diga que no? —dijo y, como si nada, volvió a recuperar el mando de la situación y a colocarse delante de nosotros tres. Detrás de mí, escuché a Ada intentando contener una carcajada—. Vamos, ya estamos cerca.

Nagore tenía razón. Solo tuvimos que caminar unos minutos más antes de que la cueva se ensanchase y formase una gruta ovalada sin salida. En el interior, se había formado un pequeño lago que acaparó mi mirada. Ante la luz de las velas, el agua emitía un color turquesa tan vivo que casi parecía imposible, como si fuera producto de la magia.

—¡Mirad! —exclamó Ada, y todos agolpamos nuestras miradas allá donde señalaba, en una de las paredes de la cueva.

Alguien había formado una especie de altar, con varias ofrendas y restos de flores que todavía permanecían frescas, y presidido por una figura de piedra. Me acerqué para iluminarla y descubrí a una mujer con una larga melena que caía por sus hombros hasta casi alcanzar el final de su vestido. En la mano derecha sostenía un imponente bastón con forma de serpiente. Sus ojos estaban cerrados y tenía una sonrisa enigmática, un poco inquietante. Había algo en esa figura que me provocaba respeto, lo suficiente como para retroceder un paso de manera involuntaria.

Tragué saliva.

Nagore se acercó despacio, detrás de mí, y habló en voz muy bajita.

—De acuerdo, vamos allá. Lo primero, las flores. —Se agachó para dejarlas junto al resto de los ramos y lo hizo moviéndose con una cautela tremenda, como si temiera que cualquier movimiento en falso lo echase todo a perder. Entonces agachó la cabeza en un signo de respeto y todos la imitamos, sin preguntar. Aunque yo dejé un ojo entreabierto para seguir atento a lo que hacía, y la descubrí llevándose una mano al pecho—. Mari todopoderosa, madre de todas las criaturas de Gaua, te hemos traído flores a modo de ofrenda.

Los cuatro aguardamos un rato en silencio. No sé qué esperaba, pero supongo que había imaginado que sentiría algo, o podría notar su presencia, o incluso que nos fulminaría a todos con un rayo, ¡yo qué sé! Pero todo lo que podíamos oír era el sonido de las gotas de las estalactitas cayendo despacio sobre el lago y el revoloteo de algún bicho que andaba dando vueltas por la cueva. Tenía toda la pinta de tratarse de un murciélago.

Nagore se aclaró la garganta.

—Mari, hemos venido a verte para implorar tu ayuda. —Aún con los ojos cerrados, alcé un poco las cejas, impresionado por tanta ceremonia—. Mi amiga Ada desea encontrar a su madre, y creemos que tú puedes guiarnos hacia ella. ¿Quieres contárselo tú, Ada?

Entreabrí el ojo y vi a Ada revolverse un poco incómoda. La verdad es que no era la sensación más normal del mundo esto de dirigirte a una piedra inerte y contarle tus problemas, así que no me sorprendió que tardase en encontrar las palabras y que sonase mucho menos serena que Nagore.

—Mari... hola —dijo. Tuve que hacer verdaderos esfuerzos para no reírme—. Me han dicho que mi madre desapareció. Que era... Bueno, supongo que tú ya sabes quién es porque, ¡en fin!, lo sabes todo, ¿no? A ver, no sé por dónde empezar. Dicen que mi madre, que tanto yo como mi madre, pertenecemos al linaje perdido. Supongo... supongo que es verdad, y que por eso nos llevan persiguiendo toda la vida. Sé que consiguió llevarme al Mundo de la Luz para que Gaueko no diera conmigo. Dicen que nadie la ha visto desde entonces, pero... yo sé que está aquí, en alguna parte. Y necesito tu ayuda para encontrarla.

La voz se le quebró un poco al decir la última frase y

pensé que ese sería el momento en el que Mari despertaría, pero, una vez más, nos quedamos solos con el eco de la voz de Ada.

—No contesta... —dijo al rato.

Todos abrimos los ojos. Nagore agitó la cabeza restándole importancia.

—No te preocupes. Te lo dije, nunca he conocido a alguien que haya conseguido hablar con ella, pero seguro que te ha escuchado y de alguna forma te guía o...

—¡No es justo!

El grito de Ada levantó el vuelo de un murciélago y retumbó en toda la cueva, haciendo que yo mismo me agachase asustado. Nagore se apresuró a intentar tranquilizarla, pero cualquiera que conociera a Ada sabía que una vez perdía los nervios, había poco que hacer. Y de ahí no podía salir nada bueno.

—¡Ada! —dijo también Emma, horrorizada.

—¡No, tiene que escucharme! —insistió, con la vista fija en la piedra—. ¡No hemos venido aquí para nada! Removeré cielo y tierra hasta encontrarla. Si realmente Mari lo sabe todo, sabe cómo soy y sabe que no voy a parar. Mi madre está viva. ¡¡Y voy a encontrarla!!

Este último alarido provocó que algo en Ada saliera despedido, como una especie de fuerza descontrolada que nos arrolló a todos e hizo temblar el suelo bajo nuestros pies. Por un momento, temí que se nos cayera el techo encima. Caí de rodillas y jadeé, asustado, antes de ayudar a Nagore a levantarse. Pero aún no lo había conseguido cuando un estallido de luz emergió desde el altar y me cegó la vista unos instantes.

«Basta.»

Aquella voz terminó de tirarme al suelo por completo. No habíamos sido ninguno de nosotros, ni tampoco parecía provenir de ningún humano. Era... era... ¿la piedra? ¡¿Mari?!

—M-mmari —tartamudeó Nagore a mi lado, temblando como una hoja de papel junto a una ventana abierta.

Ada, en cambio, envalentonada de una forma en que pocas veces la había visto, se puso de pie y se encaró hacia aquella voz, con la barbilla deliberadamente alta, preparada para defenderse.

La piedra volvió a hablar, aunque sin mover los labios: «Tu poder es sorprendente, niña. Eso es innegable. No cabe duda de que la sangre de dos dioses circula por tus venas. No obstante, debes aprender a controlarlo o, de lo contrario, tu poder te controlará a ti».

—Entonces ayúdame. Si no la encuentro, jamás aprenderé. Solo ella puede hacer lo mismo que yo. ¡Necesito conocerla!

Me fijé en que Nagore cerraba los ojos con fuerza, temiéndose lo peor. Supongo que jamás había visto a nadie enfrentarse a Mari de esa manera. ¡Nadie se atrevería! Durante unos segundos que se me hicieron eternos la voz no respondió, y temí que se hubiera marchado.

«No voy a ayudarte», dijo entonces.

¿Qué? ¿Cómo que no iba a ayudarnos? Emma y yo nos miramos con los ojos como platos. ¿La diosa más importante de Gaua se dignaba a aparecer frente a nosotros para decirnos simplemente que no iba a hacer nada en absoluto?

«Hace muchos años que no me entrometo en asuntos de los hombres, y te aseguro que no tengo ninguna intención de hacerlo ahora. Gaueko está muy equivocado si cree que voy a ceder ante sus burdas provocaciones. Y tú, niña, si tuvieras un poco de sentido común, tampoco lo harías.»

—Pero esto no tiene nada que ver con él —suplicó.

«Encontrarás a tu madre si ese es tu destino.»

Ada tenía los ojos vidriosos y la boca tensa en un gesto de impotencia, pero no se dio por vencida. Al contrario, encontró un resquicio en sus palabras al que aferrarse, como si fuesen lo único capaz de sostenerla ante la caída desde lo alto de un precipicio.

—¡Entonces, está viva! ¿No? Es lo que me estás diciendo: sabes que está viva.

Nos miró buscando nuestra complicidad, pero ninguno tuvo el coraje de decirle nada. La voz solo dijo: «Marchaos».

—Ada. —Emma la cogió por el brazo, rogándole con la mirada que dejase de insistir.

La mandíbula de Ada temblaba, pero yo no estaba seguro de si era producto de la rabia o si reflejaba unas contenidas ganas de llorar.

—Vamos —le dijo esta vez Nagore comenzando a caminar hacia atrás y tironeando también un poquito de ella.

Finalmente, Ada pareció ceder y agachó la cabeza, aunque era más que evidente que fingía, y cualquiera que la conociera de verdad habría sabido que no iba a dejar las cosas así.

Y entonces, pues... bueno. Digamos que a mí se me pasó por la mente que debíamos irnos cuanto antes. Había muchísima tensión entre las paredes de la cueva, y yo no paraba de pensar que en cualquier momento a Ada se le iba a ir la cabeza y le iba a volver a soltar un grito de estos salvajes suyos, y que Mari lo percibiría como una insubordinación tremenda y se iba a ir todo al garete. Así que... ¡yo qué sé!, agarré mi mochila y diciendo un «venga, sí, vámonos», me giré enérgicamente.

Los gritos ahogados de las chicas me paralizaron antes de que pudiera poner un pie en el suelo. Aun así, la cueva entera volvió a temblar a mi alrededor. Y lo comprendí.

Le había dado la espalda a Mari.

«¡¡¡MARCHAOS!!!» Esta vez la voz sonó iracunda y peligrosa y, lejos de permitirme corregir el error, solo me impulsó a correr hacia delante, en dirección a la salida de la cueva, cada vez más lejos de los gritos de Emma recordándome que era un tremendo idiota. El corazón me latía a toda velocidad.

«Genial», pensé cuando por fin salí a la superficie.

Ahora estaba maldito para siempre.

5

Emma

Unas horas después de cenar, apenas quedaban alumnos pululando por los pasillos del Ipurtargiak y, por lo que pude observar, la mayoría se recluía ya en las habitaciones para charlar un rato antes de dormir. También Ada y Nagore, que parecían querer dar vueltas una y otra vez a lo que habíamos vivido en la cueva de Mari, se habían metido en su cuarto con Teo. Mi primo las había estado observando en silencio durante toda la cena y solo había hablado cada tanto para decir «es que estoy maldito» y especular sobre maneras absurdas que tendría la diosa de castigarle para siempre.

Pero yo necesitaba dar una vuelta y dejar la mente en blanco, al menos, durante unos minutos, así que les pedí que me excusaran un rato y me dediqué a recorrer los pasillos de la escuela. Sentía que estábamos dando palos de ciego y no tenía ni idea de cuál podía ser la siguiente parte del plan, pero mi mente había acudido a mis padres sin que yo pudiera controlarlo. Y a la Amona, y al resto de mis tíos. Estarían preocupadísimos, ¡y habíamos dejado a la Amona con la responsabilidad de dar ella las explicaciones! Y después de todo, ¿y si no servía para nada? ¿Y si, tal y como yo sospechaba, nunca llegábamos a encontrar a la madre de Ada? Tal vez Teo tenía razón y tendríamos que haber detenido esta locura cuando todavía estábamos a tiempo.

Caminando por los pasillos, mi mente acudió a la primera vez que llegamos al Ipurtargiak. ¡No recuerdo haber estado tan asustada en mi vida! Nora no paraba de hablarnos de las normas, de la prohibición de hacer magia descontrolada durante las clases, de los linajes... y a mí todo eso me sonaba a una película cutre y esperaba que en cualquier momento alguien saliera de su escondite diciéndome que era una broma.

Sonreí, fijándome en unos dibujos expuestos en el corcho de una de las paredes, que representaba el baile del Festival de Invierno y su enorme fuente de chocolate. Al lado, un aviso de la escuela recordaba la fecha límite para presentar el proyecto de botánica. Di un par de pasos más mientras recordaba lo aburridas que nos habían resultado esas clases (¡y la decepción de Teo cuando descubrió que no nos iban a enseñar hechizos ni pociones!), hasta que escuché unas voces que provenían de la puerta de la biblioteca. Me acerqué despacio, movida más por el aburrimiento que por auténtica curiosidad, pero me sobresalté cuando descubrí a las personas que había dentro.

Pegué mi espalda a la pared para no ser descubierta, aunque todavía no sé muy bien por qué lo hice. ¿A qué venía esa tontería? ¿De quién estaba huyendo? Me sentí ridícula, con la sangre bombeando con fuerza y agolpándose en mis mejillas.

«Emma, por favor. Acabas de ver a la diosa más temible del mundo y no has temblado ni un poco. Solo es un chico. Haz el favor de mantener la calma.»

—No significa nada. —Al otro lado de la pared, la voz de Unax hizo que mi corazón se acelerase aún más—. Ni siquiera tendrías por qué haberte enterado.

¿Con quién estaba hablando? Me asomé con cuidado, lo justo para entrever a una chica de pelo rubio recogido en una trenza, apoyada sobre una estantería y cruzada de brazos en una postura que no pretendía disimular su soberbia. La reconocí al instante: era Uria, líder de los Empáticos. O al menos lo era la última vez que habíamos estado en Gaua, aunque se suponía que era un nombramiento temporal hasta que encontrasen al líder definitivo. Por la manera en la que se miraban, era más que evidente que su relación no había mejorado en estos meses. La tensión entre ellos podía cortarse con un cuchillo.

—Por supuesto que iba a enterarme, Unax, yo me entero de todo. Y más de los asuntos que conciernen al linaje que lidero.

—Pareces preocupada.

El tono de Unax era burlón y estoy segura de que Uria

lo recibió como un insulto. Sonrió, aunque no parecía en absoluto contenta, y se encogió de hombros.

—No me gusta la falta de transparencia —dijo—. Por no hablar de tu nulo sentido del ridículo. ¿De verdad crees que alguien votará como líder de los Empáticos al hijo de la persona que casi consigue llevarnos a todos a la ruina? Desde que he llegado a este valle no he hecho sino recoger todo el desastre que generó tu familia.

—Al menos estás entretenida. —Unax dejó una pila de libros encima de la mesa.

—Nadie te votará.

—Entonces ¿por qué te irrita tanto que me haya presentado?

Uria se apoyó en la misma mesa que él y ladeó la cabeza. Parecía un tigre estudiando sus opciones antes de lanzarse contra una gacela y hacerla pedacitos.

—Nadie con un poco de decoro sometería al linaje a más tensión. Si realmente tuvieras un mínimo de responsabilidad y sentido del deber, te mantendrías al margen. —Lo miró de arriba abajo—. Tu apellido ya nos ha ensuciado bastante.

No le dio opción a réplica y, según terminó de decir lo que quería, se dio la vuelta y salió por la puerta con paso firme y pasando por delante de mí. Para mi suerte, iba tan erguida que ni siquiera me vio.

Respiré hondo y me preparé para entrar también en la biblioteca pero, según estaba atravesando el marco de la puerta, Unax agarró un libro con rabia y lo lanzó en mi dirección. En menos de un segundo, vi aquel tomo de tapa dura acercándose a mi cara y alcé las manos de forma instintiva, sintiendo el calor de mi eguzkilore contra el pecho. El libro se detuvo a escasos milímetros de mi piel, topándose con el escudo que acababa de invocar, y terminó por desplomarse en el suelo.

Solo entonces Unax miró hacia mí. Sus ojos grises se abrieron de golpe cuando me reconoció, al principio con la misma sorpresa que si hubiera visto un fantasma, pero poco a poco su expresión fue cambiando y pasando por una mezcla de alegría, confusión y... ¿vergüenza?

Abrió la boca un par de veces antes de hablar. Señaló el libro.

—¡Emma! ¿Estás bien? ¿Te he dado?

Tenía la boca seca.

—¡No, no! —Muy seca. Carraspeé—. No te preocupes.

—Eso ha sido el escudo, ¿no? Has sido... superrápida. Impresionante.

Asentí con timidez, restándole importancia. Unax todavía seguía lejos de mí, al lado de aquella mesa, y no había movido ni un músculo desde que yo había cruzado la puerta. Me fastidia reconocer que había imaginado cientos de veces cómo sería nuestro reencuentro si es que nos volvíamos a ver, pero... no, en ninguna de mis versiones estaba a punto de sacarme un ojo con un libro y después se quedaba paralizado.

Sonreí un poco.

—Hola —dije, y creo que eso le hizo despertar del todo. Sonrió también, se rascó la nuca y, por fin, avanzó hacia mí para abrazarme con fuerza.

—Hola —murmuró contra mi pelo. Le envolví con mis brazos, con la nariz enterrada en su sudadera, y fui consciente por primera vez de lo mucho que le había echado de menos. Se separó un poco, lo justo como para poder mirarme a la cara, aunque sin soltar mi espalda—. ¿Qué... qué estás haciendo aquí? Pensé que no iba a volver a verte.

Resoplé.

—Pues es una larga historia.

—Tengo tiempo. —Sonrió—. ¿Quieres dar una vuelta?

Asentí y, esta vez sí, se separó de mí y recogió el libro que había tirado por el suelo, comprobó que no había sufrido ningún daño y lo dejó encima de la mesa.

—Sobre eso... —dije.

—¿Estabas escuchando?

—Solo el final, he llegado justo antes de que se fuera hecha una furia.

Unax se revolvió el pelo y salimos por la puerta.

—Tenemos... nuestras diferencias —explicó.

—¿Es verdad lo que he escuchado? ¿Te vas a presentar como líder de los Empáticos?

Se encogió de hombros y mantuvo la mirada concentrada en el suelo un buen rato. Me di cuenta de que me estaba dirigiendo a las escaleras que llevaban a la azotea. Me detuve en el primer escalón.

—Es lo correcto —dije.

Unax sonrió.

—Creo que eres la única persona que lo piensa.

Cuando abrimos la puerta que daba salida a la azotea, una oleada de frío me obligó a cruzarme de brazos. Por un momento, tuve el absurdo pensamiento de que era una tontería salir de noche a la azotea hasta que me di cuenta... Si siempre es de noche, ¿sigue habiendo una lista de esas cosas que no deberías hacer por la noche? Siempre hace el mismo frío, ¿no? Y supuse que siempre sería igual de peligroso. ¿Reñirían por igual las madres de Gaua a los niños que querían salir a jugar después de cenar?

Unax no reprimió una carcajada.

Ah, lo de leerme el pensamiento. Ya casi me había olvidado de eso.

Nos acercamos a la barandilla y me apoyé contra una de las columnas. Desde ahí arriba, podía ver todo el pueblo iluminado por sus farolillos. Era una visión preciosa, muy parecida y a la vez totalmente diferente a la que tenía desde mi habitación en la casa de la Amona. Era el mismo pueblo, sus mismas casas pintadas de blanco, sus balcones con esas flores tan especiales que reaccionaban de algún modo con la oscuridad y parecían brillar un poco en tonos violetas.

Levanté la vista hacia Unax, que se había apoyado a

mi lado y me estaba mirando. Iluminado por los farolillos, estaba tan guapo que tuve que hacer acopio de todos mis esfuerzos en pensar en cualquier otra cosa para no delatarme. Creo que no lo conseguí del todo porque me pareció advertir en sus labios algo parecido a una sonrisa, pero al menos tuvo la decencia de no mencionarlo para no avergonzarme.

—Cuéntame —dijo en su lugar—. ¿En qué lío os habéis metido esta vez?

—Todavía en ninguno. Vamos, no más allá de haber cruzado el portal sin el permiso de nuestra Amona, y probablemente haberles dado un susto de muerte a mis padres y a los de Teo y Ada y...

Frunció el ceño.

—¿Pero estáis aquí los tres? —Asentí. Unax echó la cabeza hacia atrás, incrédulo—. Emma, ¿estáis locos? Ada no debería estar aquí, es muy peligroso.

—¿Crees que no lo sé?

—¿Sabe Nora que estáis aquí?

—No, y no pretendo decírselo. Al menos de momento, hasta que pensemos qué queremos hacer, pero necesitamos ganar tiempo. Como nos vea nos manda de una patada al otro lado del portal, ya lo sé.

—Es lo mínimo, sí.

Suspiré y enterré mi pelo entre mis manos, apoyada en la barbilla.

—Es cosa de Ada —dije—. Yo solo estoy aquí porque no iba a dejarla sola otra vez. Siempre se mete en problemas ella sola y no quería ser esa clase de prima. Si yo no la seguía, te aseguro que habría cruzado el portal ella solita, y entonces...

—Pero ¿qué mosca le ha picado? ¿No tuvo bastante con lo que pasó en invierno? —Miró a lado y lado y bajó la voz—. Que casi nos mata a todos.

Le entendía. Por supuesto que le entendía. La imagen de Ada con los ojos inertes, con todos aquellos lobos obedeciéndola y atacándonos se repetía muchas veces en mi cabeza. Cerré los ojos despacio y los volví a abrir, incorporándome de nuevo.

—Es por su madre —dije—. Cree que está viva.

—Eso es absurdo.

Lo dijo con una seguridad aplastante.

—¿Tú crees?

—Emma —se aferró a la barandilla—, ¿no crees que si estuviera viva la habríamos encontrado ya? Gaueko no es precisamente estúpido, uno no puede simplemente esconderse de él. Además, qué digo, no es ya solo Gaueko. ¡Llevábamos años detrás del linaje perdido! Nadie puede esconderse tan bien.

Esperé unos segundos en silencio, dudando sobre si era una buena idea contárselo. Ninguno de nosotros había contado con involucrar a Unax en todo esto y en el fondo creía que era mejor que mantuviésemos la situación con la mayor discreción posible si no queríamos que llegase a los oídos de los líderes, pero... por otro lado...

—Emma, si no quieres que lo escuche vas a tener que dejar de pensar en ello —me advirtió con suavidad.

Arrugué la frente, frustrada. ¡Era muy difícil ocultar mis pensamientos todo el rato! Al final, me rendí.

—Escuchamos un cuento. En Elizondo. En el Mundo de la Luz celebran un festival del ganado y estaba todo lleno de gente, y había un castañero contando cuentos a los niños, así que nos sentamos a escuchar —dije—. Hablaba de Gaua, Unax. Lo describió perfectamente. ¡Con metáforas y todo eso, claro!, como si fuera un cuento de hadas, pero te prometo que nos quedamos helados. Y nos contó el cuento de una mujer muy especial que tenía la sangre de lobo en las venas, a la que un rey malvado perseguía y que consiguió hacer desaparecer a su hija.

Unax alzó las cejas.

—Exacto —continué—. Y dijo que había conseguido esconderse en un lugar donde no la encontraría nadie.

Se frotó el puente de su nariz, con la vista clavada en el pueblo, pensativo.

—Pero no deja de ser un cuento.

—Lo sé —dije—. Pero al día siguiente fuimos a hablar con el castañero y no recordaba haber contado ese cuento. Nos miraba como si nos hubiéramos vuelto locos.

Esta vez, pude ver cómo se le tensaban los músculos del cuello y me adelanté a lo que sabía que iba a decirme:

—Sí, sé que tiene muy mala pinta. Soy la primera que se lo dije hasta la saciedad, te lo prometo. —Llené los pulmones de aire—. ¿Pero qué esperabas que hiciera? Ella está empeñada en encontrarla, y no va a parar hasta que descubra dónde está.

Asintió despacio y me pareció que me comprendía, aunque tenía tan claro como yo que todo esto era una estupidez tremenda y que habríamos hecho mucho mejor en quedarnos en casa.

—¿Habéis ido a ver a Mari?

Tenía los codos apoyados en la barandilla y la cabeza en las manos, así que la risa se me escapó entre los dedos.

—Es lo primero que pensamos, pero no ha servido para nada. Ada se puso furiosa, Mari nos habló y le dijo que tenía que aprender a controlar su poder y... nada más. Nos dijo que no quería entrometerse en asuntos de humanos y que nos fuésemos de allí. Ahora Ada está frustrada y Teo está deprimido.

—¿Teo?

—Ah, sí. Se fue dándole la espalda, la ofendió muchísimo y se llevó un grito. Ahora cree que está maldito para siempre.

Unax me miró muy serio, incrédulo. Y entonces, para mi sorpresa, comenzó a reírse, al principio tratando de contenerse y después más fuerte, a carcajadas. Y yo a lo mejor podría haberme enfadado con él por su falta de empatía, pero de alguna forma el sonido de su risa aflojó un nudo que se me había formado estos días en el estómago y sentí como mis músculos se relajaban de golpe. Así que empecé a reírme también, sin saber muy bien por qué, como si de repente fuera consciente de lo absurdo de toda la situación. Habíamos cruzado el portal. ¡Volvía a estar aquí! En un mundo en el que había magia y siempre era de noche, y acechaban peligros por todas partes. ¡Y Teo acababa de liarla muchísimo con una diosa que podía matarnos a todos con un chasquido de sus dedos!

Cuando consiguió calmar su risa, todavía con una mano en el costado, se disculpó un par de veces por su falta de tacto, pero me dijo que no dejaba de ser gracioso que al final fuera a ser mi familia, y no la suya, la que terminase por destruir la humanidad. Y yo le dije que no podía estar más de acuerdo.

Sonreí.

A lo lejos se escuchaban los grillos, el crepitar de alguna hoguera y el murmullo suave de algunos rezagados en la plaza del mercado. Un centenar de farolillos bailaban reflejados en los ojos grises de Unax.

—¡Ah, aquí estás! —Teo entró por la puerta.

Parecía sorprendentemente aliviado de verme, aunque esbozó una mueca de disgusto cuando descubrió a mi compañía. Se saludaron con un seco movimiento de cabeza.

—¿Me buscabas? —dije—. ¿Ha pasado algo?

Teo alzó los brazos.

—Pues no especialmente, pero... ¡yo qué sé! Con esa manía que tenéis en esta familia de desaparecer y cruzar portales por vuestra cuenta, ya nunca puedo estar seguro de nada.

—Estaba dando una vuelta, necesitaba despejarme.

Miró a Unax de nuevo y se acercó un poco.

—Sí, ya lo veo —gruñó.

—¿Cómo estás, Teo? —intervino Unax, a lo que mi primo se encogió de hombros.

—He estado mejor.

—Me gustaría poder ayudaros de alguna manera —dijo—. Pero lo cierto es que no sé mucho acerca del linaje perdido. Cuando mi padre me hablaba de ello, yo era solo un crío...

Negué con la cabeza, tratando de restarle importancia. Pero de pronto algo se encendió en su cabeza y su expresión cambió por completo.

—Él sabía más que nadie sobre el linaje perdido.

—¿Quién? —preguntó Teo.

—¡Mi padre! ¿Recordáis cuando me obligó a cruzar el portal para atraer a Ada? Bien, pues eso no fue sino el final de toda una vida obsesionado con el linaje perdido. Estuvieron años, ¡años!, recorriendo el valle y haciendo preguntas, hablando aquí y allá con gente que les había seguido la pista... La necesitaban para romper el portal, y eso le obsesionaba más que nada en el mundo. Se suponía que ese iba a ser su legado: ser el Empático que consiguió romper el portal. —Soltó una risa triste y me miró—. Sé que nunca llegó a encontrar a su madre, pero su información nos llevó a Ada. Te aseguro que si alguien tiene una mínima idea sobre qué pasó con ella... ese es mi padre.

Le miré en silencio unos segundos, tratando de asimilar lo que nos estaba diciendo.

—Pero tu padre... —dije, tratando de escoger bien mis palabras.

—Intentó matarnos —me interrumpió Teo, sin rodeos.

—Iba a decir que está exiliado. —Le di un golpe en el costado—. Aunque... bueno, sí, la verdad es que intentó matarnos.

Unax agitó la cabeza.

—Lo sé, lo sé. Sé lo que os estoy diciendo, pero de alguna forma creo... —se rascó la frente—, confío en que puede haber algo en él que quiera hacer lo correcto. Sé que es difícil comprender por qué hizo lo que hizo, pero su única motivación era romper el portal, no va a intentar haceros daño. No podría, de todas formas. Está exiliado en un lugar donde no existe la magia.

Respiré hondo, pensativa. No cabía duda de que nuestra relación con Ximun había sido bastante tormentosa, pero la que había tenido con su hijo no había sido mucho más normal. Prácticamente desde que nos conocimos, Unax me había hablado de la enorme presión que sentía por convertirse en un digno heredero de su apellido, y no parecía que nada de lo que pudiera llegar a hacer fuera a ser suficiente.

Y ahora estaba exiliado. La mayor vergüenza para un brujo. Y Unax había contribuido de alguna manera a que eso fuera así. Él nos ayudó a escapar.

—¿De verdad quieres ir a ver a tu padre?

Tardó unos segundos en responder, pero terminó asintiendo con vehemencia.

—Os habéis vuelto locos. —La voz de Nagore irrumpió en la terraza con cara de malas pulgas.

A su lado, la acompañaba Ada, que nos miraba con una mezcla de curiosidad y espanto.

6

Ada

El simple nombre de Ximun ya había conseguido revolverme el estómago. Por un momento, me enfadó que todavía pudiera tener ese efecto sobre mí, después de la cantidad de cosas que había vivido posteriormente. ¡Si me había enfrentado a situaciones muchísimo peores! Al Inguma, ¡al mismísimo Gaueko! Y, sin embargo, no podía negar que el miedo todavía estaba ahí, alimentándose de mí en silencio. Si cerraba los ojos, podía rememorar perfectamente los días que pasé encerrada en esa cabaña con la familia de Unax: las largas horas de soledad sin saber qué sería de mí, las veces que me llevaban al portal y me hablaron de magia por primera vez en mi vida, haciendo que sonase como algo peligroso y oscuro. Y sus ojos. Eso sí que no lo olvidaría en mi vida. Los ojos grises de Ximun me miraban como si pudieran entrar dentro de mi cabeza y jugar con ella a su antojo.

Supongo que nuestro primer miedo se convierte siempre en nuestra peor pesadilla. Esa que es capaz de despertarte sudoroso y temblando, no importa los años que tengas. Hasta que conocí a Ximun, yo era una niña: pensaba como una niña, quiero decir. Me sentía como una niña se tiene que sentir. Tenía a mis padres, me sentía segura. Todas mis preocupaciones podrían resumirse en conseguir que me dejasen comer cereales con azúcar para merendar. ¿Pero después de Ximun? Nada había sido lo mismo. Y no quedaba ni rastro de esa Ada. No volvería nunca.

La idea de ir a verle me había sacudido por completo y, de no ser porque tenía muy claro que mi prioridad era encontrar a mi madre por encima de todas las cosas, habría insultado a Unax por el mero hecho de proponerlo.

Aunque por lo visto no hacía mucha falta que yo lo hiciera; Nagore tenía la mirada encendida y parecía a punto de echarles la bronca de su vida.

—Lo que Unax propone es una temeridad —dijo—. ¡Y además es ilegal! Visitar a un exiliado se castiga con la cárcel.

Abrí mucho los ojos, sorprendida por que estuviera dispuesto a correr un riesgo como ese. ¿De verdad iba a jugársela de esa manera por ayudarnos? Al mismo tiempo, Emma miró a Unax como si buscase en su mirada algo que le dijera que Nagore estaba equivocada, pero estaba claro que había dicho la verdad.

—El principal castigo al que se les expone es la sole-

dad —explicó él—. Así que están en un lugar preparado para que no les visite nadie.

—¿Y sabemos cómo llegar ahí? —pregunté.

—Bueno, no es ningún secreto.

—Pero no es nada fácil —insistió Nagore—. La prisión está rodeada por un lago que inhibe la magia, y dicen que está custodiado por criaturas preparadas para atacarte si no tienes permiso para acceder. Es simplemente una locura.

Durante unos segundos, nadie dijo nada, y nos quedamos solos con el sonido de los grillos. Teo se rascaba el codo, Emma tenía la vista fija más allá de la barandilla y yo... yo sentía mi cabeza a punto de explotar. Con el rabillo del ojo vi que Nagore me estaba mirando, supongo que buscando mi complicidad, pero yo no me moví. No podía. En mi cabeza se juntaba toda la información que nos estaba dando Nagore, todas sus advertencias sobre los peligros a los que nos enfrentaríamos, con las imágenes de los ojos de Ximun en aquella cabaña..., pero también con la voz con la que el castañero habló de mi madre. Con eso que dijo de que siempre cuidaría de mí. Con la sensación que se apoderó de mí aquella vez que estando en el bosque sentí por primera vez que estaba viva. ¿Y si después de todo tenía razón? Una cosa estaba clara: Ximun había hecho bien su trabajo, ¿no? Consiguió encontrarme a mí, a fin de cuentas. ¿Y si tenía alguna pista? ¿Algo que realmente me llevase a encontrarla?

¿Me perdonaría haberlo dejado escapar por miedo?

Unax se rascó la cabeza y respiró profundamente.

—Nagore tiene razón, es una locura —dijo.

Pero yo le interrumpí de inmediato y mi voz sonó tan serena que hasta yo misma me sorprendí:

—Quiero hacerlo.

Todos me miraron de golpe.

—¡Ada! —exclamó Teo.

—A ver, ya hemos llegado hasta aquí —traté de explicarme—. Ya estamos corriendo riesgos simplemente por el hecho de estar a este lado del portal. Y ahora, ¿qué?, ¿me quedo aquí esperando a que mi madre aparezca? Porque no va a suceder. Está escondida y tengo que buscarla yo. Sé que es peligroso, pero...

—No sé si entiendes lo peligroso que es —me interrumpió Nagore.

—¡Probablemente no! —Me mordí el labio—. Pero es que si Unax tiene razón, si Xim..., si su padre sabe algo... Es que necesito hablar con él. Tengo que intentarlo. Si no, no tiene sentido que haya venido aquí.

Emma me miró unos instantes con las cejas muy juntas. Después, resopló y agarró la goma de pelo que llevaba en la muñeca para hacerse una coleta rápida. Me había fijado: lo hacía siempre que estaba a punto de hacer deporte o saltarse las normas.

Se cruzó de brazos y miró a Unax.

—¿Y de verdad crees que si supiera cosas no te las habría contado ya?

—Que para él yo era un crío, Emma. No me contaba ni la mitad de las cosas. —Dirigió una mirada rápida hacia arriba—. Era listo, no quería que hiciera demasiadas preguntas. Me contaba solo lo imprescindible.

Lo imprescindible, sí. Como, por ejemplo, todo un manual de instrucciones para convencer a una niña desconocida a que cruzase un portal mágico para que su familia pudiera secuestrarla y amenazarla durante días.

Por la expresión de culpa que vi en sus ojos, supe que Unax me había leído el pensamiento y traté de tranquilizarme. El chico estaba intentando ayudarnos; no era el momento de hacerle sentir mal por lo que hizo, así que respiré profundamente.

—Yo voy a ir —añadí decidida—. Pero os digo lo mismo que en casa de la Amona: no tenéis por qué venir conmigo.

Emma emitió un sonido parecido a la risa.

—Estás loca si crees que te vamos a dejar que vayas sola —sentenció.

Y Teo, a su lado, se limitó a asentir con la cabeza.

—¿Hola? ¿Alguien me ha escuchado? —Nagore nos miraba a todos con los ojos fuera de sus órbitas, como si nos hubiéramos vuelto locos de remate. Lo peor de todo es que, probablemente, tuviera razón—. ¡Que lo que vais a hacer es ilegal! Que no es ya solo lo que os podéis encontrar ahí. Que os pueden meter en la cárcel o... peor, ¡exiliaros también!

—No si no se enteran —matizó Unax.

Nagore le dedicó una mirada severa. Dio un par de pasos hasta quedar frente a él.

—Tú de entre todas las personas deberías saber en lo que te estás metiendo... —dijo—. ¿Y precisamente ahora? Creía que eras más listo. Esto no le vendrá muy bien a tu popularidad.

No entendí a lo que se refería, pero me dio la sensación de que Emma sí, porque según Nagore dijo aquello, se giró hacia él preocupada y le susurró un «¿estás seguro?». ¿Qué me estaba perdiendo? ¿A qué venía ahora todo el asunto de la popularidad de Unax?

Él asintió con vehemencia.

—Ya te lo he dicho, quiero ayudaros.

Nagore alzó los brazos con exasperación y los dejó caer.

—Vale, haced lo que queráis. Pero esta vez no podéis contar conmigo. Lo siento. Para esto no —dijo para sorpresa de todos—. Unax, sé que quieres ayudar, pero creo que sobre todo te estás dejando llevar por las ganas de ver a tu padre y... ¡yo qué sé!, arreglar vuestros asuntos o lo que sea, pero es que te estás equivocando. Lo que vais a hacer es una locura y yo no puedo volver a meterme en líos. Después de lo que pasó en Navidad, ¿sabéis lo que me costó convencer a mis padres de que me dejasen seguir estudiando en el Ipurtargiak? ¡Querían llevarme derechita al Mundo de la Luz! ¿Os hacéis una idea de lo que supondría eso para mí? Años formándome en el Ipurtargiak...

¡para nada! Todavía no sé cómo conseguí convencerles de que no iba a volver a ponerme en peligro, pero os aseguro que esta vez lo voy a cumplir.

—Lo siento mucho... —comencé a disculparme, pero Nagore alzó una mano impidiéndome continuar y negó con la cabeza.

—Lo hice porque quería y no me arrepiento. Pero esto sí que no me lo podéis pedir.

Teo tenía la mirada fija en el suelo y un gesto de decepción en la cara, pero yo no podía culparla. Lo cierto es que siempre que veníamos a Gaua terminábamos contando con su ayuda, ¿pero a qué precio? Nunca me había parado a pensar en la cantidad de problemas que le estábamos causando y, por lo visto, no eran pocos.

—Podéis contar con mi silencio —dijo al cabo de un rato—. No le diré a nadie lo que pensáis hacer.

Y sin más dilación se giró y nos dio la espalda.

—Nagore —dije, y por un momento se detuvo—. Gracias.

Ella me miró unos instantes, probablemente, evaluando cuál era la mejor respuesta, pero terminó por negar con la cabeza y bajar corriendo las escaleras de la azotea sin despedirse de nosotros.

7

Emma

Dormimos apenas un par de horas, de las cuales no recuerdo haber conseguido descansar por completo. Estaba agitada. Si me quedaba dormida lo hacía solo a medias y tenía unos sueños extrañísimos sobre Ada, en los que un montón de criaturas negras de un aspecto fantasmagórico luchaban por llevársela a una especie de inframundo. A mí me agarraban de pies y manos, así que no podía hacer nada por ayudarla mientras la arrastraban lejos de mí. Yo intentaba gritar, pero mi garganta no emitía ningún sonido y me quedaba ahí, inmóvil, absolutamente impotente mientras ella desaparecía. Así que, entre sueño y sueño, me despertaba envuelta en sudor, daba vueltas en la cama y miraba insistentemente el reloj. Habíamos decidido ponernos en marcha mucho antes de que despertasen los alumnos del Ipurtargiak para poder pasar desapercibidos el mayor tiempo posible.

Concretamente, a las tres y media de la mañana.

—Teo —dije, todavía con la voz ronca. Me arrastré hacia su cama y le agité para despertarle.

—¿Hum? —Se revolvió un poco, pero no abrió los ojos—. ¿Qué pasa? ¿Qué he hecho ahora?

—Teo, arriba. Nos vamos a buscar a Ximun.

Emitió un gruñido y se cubrió la cara con la almohada, así que se la arrebaté de un manotazo y tiré de él para que espabilase.

A Ada no tuve que llamarla. Ella sola se puso en pie de un salto y comenzó a vestirse con rapidez. Yo hice lo mismo: me enfundé una camiseta térmica, una sudadera gordita que utilizaba en Alemania para hacer deporte en invierno y mis pantalones vaqueros, ya algo raídos por el uso. Bajo todas las capas, comprobé que el Eguzkilore seguía en su sitio (jamás me lo quitaba para dormir, por si las moscas) y alcancé mis botas de montaña.

—¿Estáis listos? —susurré, y Teo asintió mientras terminaba de atarse la zapatilla a la pata coja.

Agarré mi abrigo y mi mochila y me dispuse a abrir la puerta con cuidado de no despertar a Nagore. Pero antes de que mis dedos tocaran el pomo, su voz me interrumpió a mis espaldas.

—Eh... —Me di la vuelta. Llevaba un camisón largo, el pelo rubio recogido en una trenza y tenía los ojos todavía entrecerrados por el sueño. Pero en la mano llevaba una especie de... ¿farolillo? que tendía hacia mí—. Os hará falta.

—Gracias... —musité, y observé el artilugio metálico de arriba abajo tratando de comprender su utilidad. No veía el interruptor por ninguna parte—. ¿Qué es?

Sonrió.

—Una lámpara de parafina.—Al ver mi expresión confundida, sonrió aún más y agitó la cabeza—. Sé que en el Mundo de la Luz ya apenas se utilizan, no son la cosa más cómoda del mundo, pero... en fin, ¡era lo último de lo último en el siglo XIX! Era lo que había antes de que llegase la electricidad, vaya, así que es un objeto legal en Gaua. Os vendrá bien en el lago; no creo que las velas aguanten.

Volví a mirar la lámpara y asentí agradecida, aunque sin saber muy bien qué decir. Después de lo del día anterior, habría jurado que estaba tan enfadada con nosotros que solo quería que desapareciéramos y la dejásemos tranquila. Tampoco le faltaban motivos, en realidad.

—Unax sabrá cómo usarla, no te preocupes —me dijo—. Venga, marchaos ya. A Nora a veces le entra el insomnio y se pone a dar vueltas por ahí como si fuera un fantasma. Da un mal rollo increíble. Como os la encontréis...

Estaríamos perdidos. Sin duda. ¡O salvados, depende de a quién le preguntases! Porque no cabía duda de que, si Nora daba con nosotros, haría lo más razonable: mandarnos de vuelta a casa y evitar que cometiéramos el que podía ser el peor error de nuestras vidas.

—Nagore, no sé cómo darte las gracias —dije.

—No te pongas ñoña. —Se frotó los ojos y reprimió un bostezo—. No te pega.

Al otro lado de la puerta, Unax se asomó terminando de abrocharse el abrigo.

—¿Nos vamos?

Caminamos hacia el pantano durante cuatro horas que parecieron muchas más. Andábamos en silencio, tratando de ser lo más sigilosos posible, y eso hacía que el tiempo se dilatase sin remedio. Solo escuchábamos las hojas rompiéndose a nuestro paso, el ulular de algún búho... y nada más.

Nagore tenía razón: Unax sabía cómo utilizar la lámpara, pero no la encendió hasta que se aseguró de que estábamos lo suficientemente metidos en el bosque como para que nadie pudiera advertir la luz. Iba un par de pasos por delante de nosotros, con un mapa doblado en una mano y la lámpara en la otra, iluminando apenas un círculo a nuestro alrededor en medio de la más absoluta oscuridad. Debíamos tener mucho cuidado con nuestras pisadas, porque corríamos el riesgo de tropezarnos con los cientos de raíces de árboles que emergían del suelo. Las rocas envueltas en musgo también eran tremendamente resbaladizas. Ada no dijo nada, pero la vi llevarse las manos a los gemelos un par de veces, algo dolorida.

No podía quedar mucho. Miré hacia los lados allá

donde la luz me lo permitía, pero todo cuanto veía eran más y más árboles frondosos cuyas ramas parecían envolvernos y entrelazarse hacia el cielo.

—¡Shh! —dijo de pronto Unax, deteniéndose en seco—. Parad. ¿Oís eso?

Me costó escuchar algo más allá de mi propia respiración, agitada por el esfuerzo. Pero al cabo de un rato conseguí distinguir, más allá del crepitar de las ramas de los árboles y del sonido de algún pequeño animal, el suave murmullo del agua.

—¿Es el pantano?

—Por allí. —Señaló algún punto en el noroeste y le seguimos acelerando el ritmo, animados por saber que estábamos cerca.

Poco a poco, los árboles dieron paso a arbustos y la tierra a nuestros pies se volvió más arenosa hasta que, por fin, vislumbramos el pantano. Durante un instante, me quedé sin respiración. Era enorme, y desde luego no era nada remotamente parecido a lo que esperaba encontrar. En mi cabeza, había imaginado un lago de largas dimensiones y agua clara, pero lo que se desplegaba ante nosotros era una enorme ciénaga, verdosa y siniestra. La vegetación salía por todas partes y las raíces de los árboles emergían desde el agua estancada como si fueran manglares. No había visto un paisaje así en mi vida. Comprendí las advertencias de Nagore: no hacía falta ser muy listo para darse cuenta de que era un lago peligroso.

Traté de que no me temblara la voz cuando abrí la boca:

—¿C-cómo vamos a cruzar?

—Hay que hacerlo a pie. El agua no debería cubrir demasiado —dijo Unax, y se metió el mapa en el bolsillo—. Vamos, no os separéis de mí.

Eché una ojeada a mis primos antes de continuar y Teo me devolvió una mirada nerviosa mientras se recolocaba la flauta debajo del jersey. Ada, en cambio, tenía la vista fija en el pantano y, si estaba nerviosa, no lo transmitía en absoluto.

Algo me decía que me correspondía a mí ser la primera en intentarlo, así que caminé hacia la orilla. Había algo que resultaba inquietante. En el momento en que mi pie rozó el agua, sentí como si toda la fuerza que había en mi interior se deshiciera por completo. Alcé la mirada, asustada.

—¿Qué me ocurre? —dije.

—Está inhibiendo tu magia —me explicó Unax. Pese a que había sido el primero en liderar el camino en medio del bosque, todavía estaba en la orilla, tomando fuerzas para dar ese primer paso—. Tranquila, la recuperarás en cuanto volvamos. Es solo una medida de seguridad.

Me dio la sensación de que Unax buscaba convencerse más a sí mismo que a mí, pero decidí hacerle caso e intentar calmarme. Cerré los ojos unos instantes, respiré profundamente y di un segundo paso. Era difícil caminar así.

La superficie de barro parecía querer hundirme los pies, y despegarlos para moverme requería una fuerza que sencillamente de repente no tenía. No sabría explicarlo. Podría decir que me pesaban los músculos, lo que en parte era verdad, pero... era como si de pronto me hubiera embargado una sensación de tristeza de la que no me podía despegar.

Unax me adelantó en unos pocos pasos.

—No os detengáis —nos advirtió—. Es importante que llevemos un paso firme, ¿de acuerdo?

El agua no estaba especialmente fría. De hecho, teniendo en cuenta la temperatura que hacía, casi me sorprendió lo tibia que estaba y, de algún modo, esa era una sensación bastante desagradable. El agua de la superficie se evaporaba formando una especie de neblina que parecía más espesa a nuestro paso. Me aseguré de que Ada y Teo me seguían, e incluso le tendí la mano a Ada, pero ella (¿cómo no?) la rechazó en un gesto de autosuficiencia.

—Estoy bien —dijo.

Seguimos caminando un buen rato, hundiéndonos más y más en el agua, caminando en fila india y agarrándonos a las ramas para poder ganar impulso contra la tierra que parecía querer absorbernos. Al caminar, sentía un cosquilleo en las pantorrillas tan desagradable que tenía que reprimir con fuerza mis ganas de chillar. Imaginaba que sería algún tipo de planta viscosa, o... sí, quería pensar que tenía que ser algún tipo de planta. No se me había ocurrido pensar en la fauna del lugar, pero solo de imaginármelo, me recorría un escalofrío por toda la espalda.

—¿Vais bien? —preguntó Unax desde delante, sin volverse.

Todos respondimos que sí al unísono. En el punto del pantano en el que nos encontrábamos, el agua ya me llegaba a la altura de la cintura, y sospechaba que eso implicaba que a Ada le llegaría por la altura de las axilas. Tenía que ser verdaderamente agobiante.

Me giré para mirarla, aun a riesgo de que me llamase pesada, cuando Teo soltó un alarido.

—¿Qué pasa? —dije, alarmada. Unax se giró hacia nosotros.

—Hay muchos... ¡mosquitos! —se quejó, dando manotazos al aire sin ningún éxito.

Me llevé la mano al pecho. Me había dado un susto de muerte.

—Es una ciénaga, ¿qué esperabas? —dije, pero enmudecí cuando me fijé más detenidamente en su brazo. Estaba acribillado de picaduras. Un par de pasos delante, Unax estaba parado en medio del agua, iluminado por la luz y dejando ver un millar de pequeñas criaturas que parecían haber tejido una manta en el aire—. Unax, hay...

Antes de que pudiera decir nada más, sentí una picadura en mi propia piel, y una punzada de dolor me hizo retorcerme y emitir un sonido similar al que había producido mi primo.

—¡¿Lo ves?! ¡Son unas criaturas del infierno! —vociferó Teo—. Ríete de las avispas del pueblo. Es que aquí hasta los insectos tienen que poder matarte, ¿no? ¿Hay algo más que no nos hayáis contado?

Unax asintió.

—Sus picaduras son especialmente dolorosas en un lugar como este —dijo—. Gaua es un lugar muy inhóspito para la falta de magia. Es difícil de explicar y no tenemos tiempo, pero... aquí es como el oxígeno, ¿entendéis? Ahora mismo somos las criaturas más vulnerables del valle. No podríamos defendernos ni de un cachorro.

—¿Pueden hacernos daño? —pregunté—. Daño de verdad, quiero decir.

Unax apretó la mandíbula y analizó el brazo de Teo antes de echar una ojeada a sus propios brazos. Los mosquitos se acumulaban alrededor de su lámpara y no daban tregua. Sentía los zumbidos cerca de mi oído.

—No lo sé —dijo, agobiado—. Creo... Lo siento, creo que se sienten atraídos por la luz.

—Pues vamos a apagarla —intervino Ada.

—¡Pero no veremos nada! —exclamé.

—Emma, mira a Teo.

Tenía razón. Mi primo se retorcía, rascándose sin cesar, y me dio la sensación de que incluso le empezaba a costar un poco respirar. ¿Y si su veneno era demasiado tóxico para nosotros en un lugar como este? ¿Cuántas picaduras más podríamos resistir?

—¿Puedes llevarnos sin luz? —le pregunté a Unax.

No encontré seguridad en sus ojos, pero aun así giró la manivela de la lámpara e hizo que se apagase.

—Lo intentaré.

No sucedió inmediatamente, pero poco a poco la cantidad de mosquitos a nuestro alrededor se fue reduciendo y el zumbido se difuminó lo suficiente como para que volviese a escuchar el rumor del agua. Respiré aliviada. Entonces, Unax me dio la mano.

—Vamos a hacer una cadena, ¿de acuerdo? Caminaré siempre hacia delante, pero es muy importante que vayamos todos juntos.

No veíamos absolutamente nada. La luz de la luna no era suficiente ni siquiera para que pudiera distinguir la silueta de Unax en medio de la oscuridad, así que, durante unos largos minutos, todo lo que pude hacer era dejarme llevar por su mano, agarrada con la otra a la de Teo. Escuchaba el chapoteo que producían nuestras pisadas y me aferraba a eso, a ese sonido rítmico, como si estuviésemos siguiendo algún tipo de coreografía. No tenía ni idea de si estábamos yendo en la dirección correcta ni de si conseguiríamos salir de ese pantano o si nos quedaríamos atrapados para siempre, perdidos en medio de la nada en un lugar sin luz ni magia, pero eso era una idea tan aterradora que no podía permitirme el lujo de detenerme a analizarla. Sentía el barro en ocasiones trepando hasta mis rodillas y el agua espesa haciéndome cada vez más débil y apagando mis pensamientos, como si poco a poco me fuese sumiendo en un profundo sueño.

—Chicos...

Efectivamente, la voz de Unax me sacó de un letargo en el que no sabía que había caído y me sobresalté al darme cuenta. ¿Cuánto tiempo llevaba caminando como una sonámbula? ¿Nos habría pasado a todos? Parpadeé un par de veces. Delante de nosotros, a no mucha distancia, brillaba la tenue luz de un fuego.

—¡Tierra a la vista! —exclamó Teo tras de mí.

Teo tenía razón. Había un islote en medio del pantano y, lo que al principio parecía un fuego, pronto terminó convirtiéndose en unos cuantos: en ventanas iluminadas por lámparas, en el fuego de un hogar... ¡Era un pueblo! ¡Lo habíamos conseguido! Avivamos el paso hasta la orilla y, una vez nuestros pies dieron con tierra firme, Teo se tiró de rodillas como si pretendiera besar el suelo. Ada puso los ojos en blanco.

—A Dios pongo por testigo que no voy a volver a ver un mosquito en mi vida —dijo Teo.

—Eres consciente de que después tenemos que volver, ¿no? —le recordó Ada.

Yo mantuve mi vista en el paisaje que se dibujaba ante nosotros. Aquello parecía un pueblo medieval. Al igual que en el resto de Gaua, no había rastros de electricidad por ningún lado, pero de alguna forma las casas parecían bastante más rudimentarias que en Irurita o Elizondo, como si sus habitantes las hubieran tenido que construir con sus propias manos y muy pocos medios. De pronto, miré a Unax, iluminado por las luces del pueblo, y me percaté de que tenía muy muy mala cara. Estaba pálido, como si estuviera a punto de vomitar. Deduje que la falta de magia le afectaría a él más que a los demás. Nosotros estábamos acostumbrados a vivir sin ella la mayor parte del tiempo, pero para él tenía que ser una sensación bastante incómoda. Incluso cuando cruzó el portal en Navidad, el portal estaba abierto y nuestros poderes, aunque atenuados, se mantenían en el Mundo de la Luz. Esto era diferente.

—Es raro —dijo haciendo un gesto hacia nuestro alrededor, conteniendo una náusea—. No oigo nada.

—¿Cómo que no oyes...? ¡Ah! —comprendí—. ¿Nuestros pensamientos?

—Normalmente, es un murmullo constante, no sé... es... —Se llevó la mano a su sien izquierda—. Es como si hubiera perdido el olfato o el gusto. Es una sensación muy rara. El silencio me marea.

Ada sacudió sus pies para retirar restos de barro y se dirigió a nosotros:

—Vale, ¿ por dónde empezamos a buscar?

Unax trató de caminar un par de pasos, pero palideció enseguida y tuvo que apoyarse en un árbol.

—Probad por esa calle, da la sensación de que es la principal, seguro que encontraréis a alguien —dijo respirando profundamente—. Yo necesito un minuto.

Miré primero a mis primos y después a Unax pero, antes de que tuviera que tomar ninguna decisión, Ada tiró de Teo y se pusieron en marcha sin esperarme. Suspiré aliviada. No me gustaba la idea de dejarle así. Estaba lívido.

—Vamos a buscar algún sitio donde puedas sentarte —dije.

Le sujeté por la cintura para asegurarme de que mantenía el equilibrio y caminamos despacio hasta alcanzar un pequeño banco de piedra que había cerca de una de las casas más próximas a la orilla. Frente a él había un hogar apagado y una cacerola oxidada, así que sus habitantes no debían de andar muy lejos. Aun así nos sentamos, y Unax dejó caer el peso de su cuerpo con pesadez. Escondió la cabeza en sus manos y permaneció de ese modo unos cuantos segundos, con los ojos cerrados.

Yo, mientras tanto, miré a mi alrededor. La luz de la luna se reflejaba en las aguas turbias del pantano que nos rodeaba y parecía bailar. Yo, que estaba mojada hasta mi cintura, volvía a tener bastante frío. Estaba valorando la posibilidad de encender el fuego con la caja de cerillas que nos habíamos traído cuando Unax abrió un poco los ojos.

—¿Cómo estás? —pregunté.

Se encogió de hombros.

—Esto es lo que siente mi padre todos los días.

No respondí. No sabía si era buena idea tratar de reconfortarle con que seguramente después de tanto tiem-

po se habría acostumbrado. De alguna forma, me parecía que era mejor no decir nada.

—Este lugar es... —No continuó la frase, pero no hacía falta. Asentí. Permaneció un rato en silencio, paseando la mirada por el pueblo y por el pantano, hasta fijarla de nuevo en el suelo. Agitó la cabeza—. Ya sé que debería odiarle.

Fruncí el ceño.

—No tienes que odiarle, Unax. Eso es ridículo —dije—. No importa lo que hiciera. Sigue siendo tu padre. Es totalmente normal que te preocupes por él.

Me dirigió primero una mirada breve e insegura, pero después detuvo sus ojos en los míos y respiró hondo. Entonces alargó su mano para coger la mía y entrelazó nuestros dedos. La apreté con suavidad.

Quería transmitirle mi apoyo y tranquilizarle, pero no podía evitar que mi corazón se acelerase al tenerle tan cerca de mí. Nuestras rodillas estaban tan cerca que podrían rozarse en cualquier momento, y sus ojos grises parecían un poco más brillantes de lo habitual. Le había visto ese brillo otras veces, justo antes de intentar...

Por un momento, me invadió el pánico al pensar que él pudiera estar escuchando mis pensamientos y me tensé de forma involuntaria. Estaba tan acostumbrada a tener que mantener la guardia alta con él que no me di cuenta de que ahora había perdido su don y no podía leerme la mente.

Sus ojos se afilaron al reírse.

—¿Me has...? —exclamé.

—No. —Sonrió—. No oigo nada.

—¿Entonces de qué te ríes?

Respiró hondo y se irguió un poco.

—Pues de que me encantaría saber qué es lo que estás pensando. Irónico, ¿no? No es una sensación a la que esté muy acostumbrado.

Entonces, yo sonreí también.

—Pienso en muchas cosas —dije tras meditar bastante la respuesta.

—Me lo imagino.

La manera en la que me miró hizo que me sonrojase, así que fijé la vista en nuestras manos como si fueran lo más interesante del mundo.

—Emma, siento... —Se aclaró la garganta. Arrugué la frente. ¿Iba a pedirme perdón por lo del beso? Pero él advirtió mi expresión y alzó mucho las cejas—. No, ¡no quería decir...! No me refería a eso, no me arrepiento en absoluto.

Traté de que mi alivio no fuera muy evidente.

—¿Entonces?

—No lo sé... —Con su mano libre se revolvió el pelo de la nuca—. Nosotros... lo que pasó... no entraba en mis planes. Nunca quise involucrarte demasiado. Siempre he sabido que mi lugar estaba en Gaua.

—Lo sé.

—No es que no quisiera...

—Lo sé —repetí. Parecía genuinamente nervioso—. No te preocupes, lo entiendo. Creo que lo entiendo, al menos. Sé lo que tu linaje significa para ti.

Porque era eso, ¿no? Intentaba decirme, con todo el tacto del mundo, que lo que había pasado entre nosotros no podía volver a suceder. Porque sí, era una locura: él ya no podría volver a salir de Gaua y yo... yo no podría quedarme a vivir aquí para siempre. Así que lo que tenía lógica, tenía todo el sentido del mundo: sencillamente, era algo que no podía volver a pasar. Además, técnicamente no había pasado nunca, ¿verdad? Aquel beso que me dio fue una ilusión que generó con magia y solo tuvo lugar en mi cabeza.

De alguna forma, puede que fuera mejor así.

Sin embargo, los ojos grises de Unax miraban los míos mientras se mordía uno de los carrillos. No hacía falta ser muy listo para saber que se estaba callando muchas cosas.

—No te creas —le dije—. A mí también me gustaría leerte la mente a veces.

Como toda respuesta, Unax se rio y soltó mi mano para envolver mis hombros en un abrazo espontáneo. «Te volverías loca», me dijo dándome un beso en el pelo.

—¡Emma, Unax! ¡Aquí!

Nos separamos inmediatamente. Ada y Teo venían corriendo hacia nosotros.

—¿Le habéis encontrado?

—Hemos hablado con una mujer que dice que sabe dónde vive —dijo Teo—. Es allí mismo, subiendo esa colina.

—¿Puedes caminar? —le pregunté a Unax.

—Sí, creo que sí. Vamos.

Aquella mujer no se equivocaba. Ni siquiera tuvimos que llamar a la puerta de aquella casa, porque según terminamos de subir el camino empedrado que se dirigía a ella, descubrimos a un hombre apilando leña junto a la puerta. No sé si habría sido capaz de reconocerle. Estaba mucho más delgado, los hombros se le veían huesudos bajo su vestimenta, y llevaba el pelo más largo y descuidado. Pero Unax se había quedado totalmente estático, mirándole, así que no me cupo duda de que era él.

Me acerqué a Ada, que se había quedado algo rezagada, y cogí su mano mientras Unax daba un par de pasos hacia él.

—Papá.

Los ojos de Ximun se entrecerraron ligeramente cuando miró en su dirección y de pronto los abrió muchísimo. Los troncos que llevaba en sus brazos se cayeron al suelo.

—¿Unax? —dijo en un hilo de voz—. ¡Unax!

Toda la cautela con la que se había aproximado a él se desvaneció cuando su padre venció la distancia que les

separaba y le tocó la cara con ambas manos. Aquello me impresionó también a mí: yo les había visto juntos, y puede que fuera el gesto más cariñoso que hubiera tenido en su vida. No me hizo falta ver la expresión de Unax para imaginarme cómo se estaba sintiendo.

—¿Qué estás haciendo aquí? ¿Cómo has...?

—He venido con ellos —dijo, y se apartó lo suficiente como para que Ximun pudiera vernos.

Se tensó de inmediato y me pareció que su cuerpo reaccionaba preparándose para el ataque. Yo misma sentí la rigidez de mis músculos e incluso creo que se me revolvió el estómago al enfrentarme de nuevo a esa mirada que había detestado tanto. Que todavía detestaba por una lista interminable de motivos.

La mano sudorosa de Ada temblaba un poco dentro de mi propia mano, y eso me enfureció aún más.

Ximun miró a su hijo.

—¿Qué es esto? —siseó.

—Papá, confía en mí —le pidió—. Solo queremos que nos ayudes.

—¿Que os ayude?

Unax no respondió. Yo cerré los ojos, preparándome para lo peor. Habíamos hecho todo este viaje confiando en que los meses de exilio habrían hecho recapacitar al anterior líder de los Empáticos y que ahora nos tendería la mano a modo de redención. ¿Pero y si no ocurría? ¿Y si se limitaba a acusarle de traición y le recordaba que era la deshonra de su familia? Nadie nos habría preparado para esto. Ni a Unax, que probablemente no pudiera soportarlo, ni a Ada, que había puesto toda su confianza en que esto saliera bien y así encontrar a su madre.

Pero entonces Ximun respiró profundamente.

—Entrad —dijo al fin—. Estaréis hambrientos.

Su casa no era más acogedora por dentro que por fuera. Contaba con una única estancia de paredes de piedra, y el mobiliario, además de muy escaso, parecía incómodo y sacado de otro siglo. Eché una mirada discreta a mi alrededor y me fijé en que, a modo de cama, tenía una pila de paja cubierta con una sábana blanca.

Nos invitó a sentarnos encima de una manta que había colocada en una de las esquinas y, mientras tanto, cogió la olla que colgaba encima del fuego. La dejó en medio de nosotros y escuché el estómago de Teo rugir de inmediato. No tenía muy buena pinta: era una especie de masa blanquecina que supuse que sería algo así como gachas de cereales, pero era cierto que el viaje hasta aquí nos había abierto el apetito a todos.

Aun así, ninguno de nosotros se atrevió a dar el primer paso.

—Comed —dijo. Ada le observó recelosa—. Venga ya, habéis aparecido por sorpresa, ¿qué esperáis que le haya podido echar a la comida?

Se hizo un incómodo silencio hasta que Teo agarró la cuchara y la hundió en la olla con mucho cuidado. Se la llevó a la boca y, después de tragar, se encogió de hombros. Por su expresión, parecía comestible. Yo fui la siguiente en probar un poco y, cuando me aseguré de que era un sabor que me generaba confianza, le pasé la cuchara a Ada para que repusiera fuerzas. Unax, en cambio, mantenía las manos encima de las rodillas y hacía tamborilear sus dedos en un gesto nervioso.

—Papá —dijo—. ¿Cómo... cómo estás?

Ximun parecía haber envejecido por lo menos diez años desde que le vimos por última vez. Sus ojos estaban enmarcados en mil arrugas y ya no tenían esa fiereza que habíamos descubierto en él cuando le conocimos. Entonces, su presencia era más que suficiente para generarte un escalofrío, pero ahora... ahora parecía un anciano, exhausto y sin energía. Me pareció que su mirada estaba un poco vidriosa antes de responder.

—Bien. —Se aclaró la garganta. A decir verdad, no tenía ni idea del tiempo que le quedaba en el exilio. Por lo que nos habían dicho, algunos eran indultados, pero otros, aquellos con una condena más grave o con mayor riesgo de reincidencia, permanecían el resto de su vida castigados en este lugar—. No te andes con rodeos, hijo. No tenéis mucho tiempo. Si os descubren, estáis muertos.

—Muertos —repitió Teo, con la comida en la boca y los ojos como platos—. ¿Muertos, muertos?

Unax negó con la cabeza.

—Es una forma de hablar —dijo, y se dirigió de nuevo hacia su padre para explicárselo todo—: Ada cree que su madre está viva.

Ximun no reaccionó en absoluto. Ni un músculo de su cara se tensó ni se movió lo más mínimo de su sitio. En su lugar, se limitó a mirar muy fijamente a Unax y echar una ojeada rápida a mi prima pequeña. Tuve que contener mi instinto de arrastrarla y protegerla detrás de mi espalda. Habíamos venido en son de paz y no quería evidenciar excesivamente mi desconfianza, pero, por mucho que tratase de ser conciliadora, suponía resistirme a un impulso que emergía desde lo más profundo de mis tripas.

—¿Por qué? —le preguntó Ximun.

Afortunadamente, Unax no dejó que Ada tuviera que contestar. Si de mí dependía, no iba a tener que intercambiar ni una sola palabra con él.

—Es lo de menos —dijo—. Pero creo que, si hay alguien en este mundo que tenga información sobre el linaje perdido, ese eres tú.

Se mantuvo unos instantes en silencio.

—La busqué toda mi vida —murmuró Ximun—. Toda mi vida. Y jamás la encontré. No sé qué es lo que os han contado, ni por qué queréis seguir el rastro de esa mujer, pero os lo advierto: es imposible. Y si no lo es, no os recomiendo en absoluto que descubráis su escondite. Gaueko podría encontrarla.

—Gaueko ya encontró a Ada —dije yo. Esta vez, no había podido contenerme—. Por tu culpa.

Ximun arrugó un poco las cejas y miró a su hijo. Unax le ofreció una versión muy rápida y reducida de todo lo que había pasado. Al haber vivido en el exilio, no sabía nada de la apertura del portal, así que tampoco tenía ni idea de que las criaturas habían emergido al Mundo de la Luz ni de cómo los brujos nos dividimos en brigadas para atraerlas de nuevo hacia Gaua. Le habló, por último, del Inguma.

—Lo utilizó para llegar hasta ella —terminó—. Trató de convencerla para que destruyera el Basoaren Bihotza.

Su padre observó a Ada una vez más.

—Pero no lo hiciste —susurró, asombrado—. Es evidente que te subestimamos.

—Es muy poderosa, papá —dijo Unax—. Me metí en su mente cuando combatía con Gaueko y tiene una fortaleza increíble. No lo había visto en nadie.

Entornó la mirada.

—Aun así —advirtió Ximun— no debería andar por aquí si Gaueko sabe de su existencia. No tardará en reclamarla. No importa el poder que hayas visto en Ada, nadie puede enfrentarse a Él. Si quiere que rompa el portal, no parará hasta que lo consiga.

Unax se miró las manos de una forma pensativa, quizá un poco triste.

—Es lo que tú deseabas también.

—No solo yo, Unax. La diferencia es que yo era el líder. Y estaba dispuesto a responsabilizarme del sacrificio.

En esta ocasión no reprimí una risa de incredulidad. Estaba enfurecida.

—¡Sacrificio! —exclamé—. Llamas tú sacrificio al secuestro de una niña de ocho años que no tenía la culpa de nada. Supongo que para ti no fue más que un daño colateral, ¿no?

Creo que, al margen de toda la situación que nos envolvía, yo a Ximun jamás le había caído del todo bien. La mirada que me dirigió acabó de confirmármelo por completo. ¿Me echaría a mí la culpa de que Unax le traicionase en el último momento?

—Emma. —Mi nombre en su boca sonó frío como el hielo—. Si hubiéramos querido que Gaueko se involucrase en todo esto, créeme, le habríamos invocado desde el principio. Pero ningún brujo con un mínimo de escrúpulos haría tratos con el dios de las Tinieblas.

—Escrúpulos —repetí, regodeándome.

—Emma. —Esta vez fue Unax quien me suplicó con la mirada que dejase de hacer lo que estaba haciendo.

Me ardían las mejillas por la ira, pero respiré hondo tratando de tranquilizarme. Unax tenía razón. Mi actitud no nos serviría de nada en esta situación. A mi lado, Ada llevó su mano a mi rodilla.

—Creo firmemente en lo que hice —insistió él, impasible, y se dirigió a Unax—. La rebelión llevaba fraguándose desde hacía años, no fue producto de ningún tipo de delirio de grandeza. Durante generaciones, nuestros antepasados buscaron el origen del linaje perdido para poner fin a un castigo tan injusto como absurdo: obligar a jóvenes de quince años a decidir su futuro; vivir mutilados o recluirnos del mundo como si fuéramos una... plaga de insectos.

De pronto, Ximun pareció darse cuenta de algo.

—Tú has cumplido ya los quince años, ¿no es cierto? Y estás aquí, de modo que tomaste la decisión de permanecer en Gaua para siempre. Tampoco es que te hubiésemos educado para otra cosa, así que digamos que no tuviste elección. Pero dime, ¿y ella? —Para mi sorpresa, me señaló a mí con un movimiento de cabeza. Sentí mi corazón agitarse con violencia—. ¿Se quedará en Gaua por ti?

Se me cortó la respiración. Unax tensó la mandíbula, como si las palabras de su padre se le hubieran clavado entre las costillas, pero a mí no me miró ni por un instante.

—No, no le harías algo así. Te conozco —continuó Ximun, y después esbozó una sonrisa que en el fondo me pareció un poco triste—. No me digas que tú no deseas que el portal se rompa, Unax, porque no te creería.

Tenía la boca seca. Mi corazón parecía decidido a salir disparado de mi pecho y no pude decir nada ni reaccionar de ninguna forma coherente. Todavía no sabía cómo me hacía sentir el hecho de que su padre fuese tan consciente del vínculo que me unía con Unax, ni estaba muy segura de que me gustase que utilizase una información tan íntima para consolidar sus argumentos.

—Ximun. —Para sorpresa de todos, esta vez fue Ada quien abrió la boca y pronunció su nombre con un aplomo insólito—. No hemos venido hasta aquí para que nos sueltes un discurso revolucionario. Puedes guardarte tus motivos para ti. Porque, ¿sabes qué?, que resulta que lo de no involucrar a Gaueko se os dio bastante mal. Así que si es cierto que tienes escrúpulos, lo cual todavía dudo, haz el favor de decirme todo lo que sepas sobre mi madre. Porque créeme: yo no voy a irme de aquí hasta que la encuentre, así que de ti depende que lo haga rapidito o que vuelva a dar conmigo y se líe otra vez la cosa. Tú verás.

Creo que nunca, jamás, me había sentido tan orgullosa de mi prima. Y eso que la había visto enfrentarse al mismísimo dios de las Tinieblas con una fuerza sobrenatural. Pero la manera con la que habló a Ximun... Tuve que esforzarme mucho por contener la sonrisa.

Unax la miró también y se encogió de hombros, satisfecho.

—¿Vas a ayudarnos o no?

Ximun torció la boca. Parecía un poco divertido, incluso fascinado, ante la determinación de Ada. Terminó por negar con la cabeza y erguirse en su asiento.

—Aunque quisiera, me temo que no puedo ser de mucha ayuda... —Al menos, parecía que por primera vez pa-

recía dispuesto a hablar—. Como os digo, la busqué sin éxito toda la vida. Pero sí sé quién la esconde. A mí jamás quiso desvelarme su posición, como es lógico. No por nada es el guardián del bosque.

—¿El Basajaun? —dijo Unax—. ¿Está con ella?

Su padre asintió, convencido.

—Lo sospechamos desde hace años. No solo entregó a Ada a una familia del Mundo de la Luz, sino que se encargó de darle a su madre algún tipo de cobijo.

—¿Y cómo es que no la encontrasteis? —pregunté confusa. Dicho así, parecía bastante fácil.

—Porque uno no puede encontrar al Basajaun. Es él quien decide si encontrarte a ti.

Y, claramente, no quería aparecer ante ellos; eso tenía sentido. Los ojos de Ada brillaban llenos de esperanza.

—Pero a mí sí querrá verme. ¿Verdad? —Nos miró a todos—. De mí no se esconderá.

—Es una posibilidad... —murmuró Unax, y volvió a mirar a su padre—: ¿Cómo le encontraremos?

Ximun se encogió de hombros.

—Ya sabes lo que dicen los cuentos para niños: «Corre hacia el norte hasta que te flaqueen las fuerzas y, cuando te sientas desfallecer, busca el consuelo del quinto árbol a tu izquierda» —dijo, y sonrió—. Ya te he advertido que os sería de poca ayuda.

Hacia el norte... ¿hasta que flaqueasen nuestras fuerzas? ¿Hacia el norte desde dónde? ¿Y cómo sabría que verdaderamente ya no me quedaban fuerzas? Esas instrucciones eran, efectivamente, propias de los cuentos infantiles, y eran tan poco específicas que dudaba que nos sirvieran para algo.

Unax, en cambio, asintió con la cabeza y se levantó, aparentemente satisfecho con la información. Le imitamos, aunque creo que todos los demás estábamos un poco confundidos.

—Marchaos —dijo Ximun levantándose también—. Y tened cuidado en el viaje de vuelta. No conozco a nadie que haya conseguido escapar de aquí con vida.

—No está mal para animarnos, ¿eh? —me susurró Teo ya en la puerta.

Unax se quedó dentro unos instantes, pero yo me llevé a mis primos hacia fuera y comenzamos a caminar hacia la orilla. Supuse que necesitarían un momento para hablar ellos solos. Tal vez incluso quisiera contarle sus deseos de presentarse como futuro líder de los Empáticos.

—Bueno —dijo Ada—. Al menos... al menos tenemos algo, ¿no?

—Sí, bueno, lo del bicho ese del bosque y una hoja de ruta supercientífica —ironizó Teo.

Yo le reprendí con la mirada.

—Ya tenemos más de lo que teníamos esta mañana.

Ada asintió y sonrió un poco.

—Ximun también cree que está viva —me dijo muy bajito.

Nada me habría gustado más que poder asegurarle con toda mi convicción que estaba en lo cierto, pero seguía sin fiarme ni un pelo de Ximun y no creía que pudiéramos llegar a comprender del todo sus intenciones. Toda esa situación seguía dándome muy mala espina.

Unax nos alcanzó al cabo de unos minutos.

—Vámonos —dijo, simplemente. Aunque estaba agitado por la carrera, me pareció que algo dentro de él respiraba con más calma, como si el encuentro con su padre le hubiera proporcionado un poquito de paz.

—¿Todo bien? —pregunté sin querer insistir demasiado.

Él se limitó a asentir y apretarme levemente el hombro como agradecimiento por mi preocupación.

—¿Estáis listos?

—Qué remedio —dijo Teo, que miraba el agua con el mismo recelo que si se tratase de un campo en llamas.

Esta vez fue menos difícil enfrentarnos a las texturas y sensaciones del agua del pantano. Saber que tenía fin ayudaba mucho y, además, es muy probable que objetivamente no hubiera sido un trayecto tan largo y que lo que más nos pesase fuera la incertidumbre. Pero lo habíamos conseguido, y esta vez, con la linterna nuevamente apagada, estábamos seguros de que lo íbamos a conseguir.

Todo lo que teníamos que hacer era seguir andando, una pierna por delante de la otra, en la misma dirección, y por encima de todo, no separarnos bajo ningún...

—¡¡¡AAHHHHHHH!!!

El alarido de Ada me paró el corazón. Algo le había hecho soltar la mano de Teo y estaba hundida en el agua, ahogándose y tratando de emerger hacia la superficie sin éxito. En esos breves instantes de vacilación que me produjo el *shock*, me pareció distinguir, iluminada por la tenue luz de la luna, la figura de una mujer.

—¡T-ttiene cola! —gritó Teo, tembloroso, tratando de encontrar la manera de tender su mano hacia nuestra prima. Pero era inútil. En ese punto del lago, Teo a duras penas podía hacer pie—. ¿Es una sirena?

—Es una lamia —dijo Unax a mis espaldas.

Pero Unax se equivocaba.

No era una lamia. Eran muchas.

Sus cabezas emergían en todas partes, y la luz de la luna iluminaba sus dientes afilados.

8

Ada

Me costaba respirar. Aquella criatura, fuera lo que fuese, me había agarrado la pantorrilla y tiraba de ella hacia el fondo del lago haciendo muchísima fuerza. Cada pocos segundos, conseguía darme el impulso suficiente como para sacar la cara a la superficie y dar una bocanada de aire, pero, al instante, volvía a sumergirme y tragaba tanta agua que empezaron a fallarme los pulmones.

A lo lejos escuchaba los gritos de mis primos y veía sus intentos de alcanzarme.

No aguantaría así mucho más.

Así que abrí los ojos debajo del agua y me encaré al bicho, frente a frente. Cualquier persona habría dicho que era una sirena. La parte inferior de su cuerpo tenía la forma de la cola de un pez, aunque sus escamas eran de un color grisáceo que no se parecía en nada a las de las películas que había visto hasta ahora. De hecho, ¿todo eso de que son bellísimas? Olvídalo. Esta era muy fea, con una boca desproporcionadamente grande y al menos dos filas de dientes afilados.

Me costó no dejarme llevar por el pánico al mirarla cara a cara, pero me pudo el instinto de supervivencia. Intenté soltarme utilizando las dos manos, pero sus uñas estaban perfectamente clavadas en mi piel. Para mi suerte, justo en el momento en el que creía que iba a perder el conocimiento, unos brazos fuertes se colaron bajo mis axilas y tiraron de mí, y me elevaron hasta sacarme del agua.

—¡Teo! —Emma aferraba mi cuerpo semiinconsciente—. ¡Corre, llévatela a un sitio donde no cubra! O mejor, ¡subíos a un árbol! ¿Las lamias pueden trepar?

—Creo... juraría que no. Las de agua no. —Esa era la voz de Unax, que de alguna forma sonaba ahogada por el esfuerzo.

A mi alrededor, las voces, los chapoteos y los chillidos de las lamias se entremezclaban sin orden ni concierto, pero me imaginé que entre ellas había comenzado una batalla de patadas y uñas de las que no podíamos salir muy bien parados.

En cuanto Teo me cogió en brazos, sentí cómo se me contraían los músculos y empecé a toser frenéticamente hasta que me liberé de toda el agua que había tragado. Por fin, logré abrir los ojos y respirar. Teo me aupó para que me subiese a un árbol y me agarré a él con brazos y piernas. No era nada fácil; estos árboles tenían los troncos muy finos y se sustentaban en raíces delicadas que emergían del agua y que eran de todo menos estables. Además, mis manos resbalaban con la humedad.

—¿Puedes?

—Sí —dije cuando encontré un punto en el que conseguía estar lo suficientemente alejada del agua como para que las lamias no pudieran alcanzarme. Miré a Teo, que también estaba logrando trepar a un árbol no muy lejos de mí. Mientras tanto, Emma y Unax seguían intentando deshacerse de las criaturas.

—¿Y ahora qué hacemos? —gritó Teo—. ¡No podemos quedarnos aquí para siempre!

—Tenemos que encontrar la manera de distraerlas.

—¿Tú crees? No sé qué decirte, yo creo que no buscan entretenerse, ¿eh? Yo más bien creo que quieren merendarnos.

En ese momento, una de las lamias emergió desde detrás de Emma, pillándola desprevenida y arrojándose hasta su rodilla. Emma perdió el equilibrio y la criatura lo utilizó a su favor, arrastrándola por el lago.

—¡¡¡Emma!!! —grité.

Unax escuchó mi grito y reaccionó al instante. Con una velocidad pasmosa, se deshizo de una lamia de una patada y corrió hacia Emma, a la que el bicho había llevado estratégicamente a la zona más céntrica del lago, donde ninguno de nosotros podía llegar a tocar el fondo con los pies. Unax la buscaba por todas partes, pero Emma ya estaba tan sumergida que no había ni rastro de ella, y era imposible de encontrar en la oscuridad.

Sentí que mi cuerpo temblaba encima del árbol.

—¡Emma! —seguí gritando, aunque no tuviera sentido hacerlo.

Unax se sumergió del todo, dispuesto a encontrarla debajo del agua.

—¡Unax, te vas a ahogar! —chillé otra vez. Las lamias comenzaban a agruparse a su alrededor, probablemente relamiéndose, y yo temblaba de miedo e impotencia desde el árbol hasta que...

Una melodía comenzó a sonar y se expandió por el lago. Pude ver físicamente cómo las ondas de la música se hacían más y más grandes en el agua. Miré hacia mi derecha y vi que Teo, sentado en la copa del árbol en un equilibrio bastante imposible, estaba tocando la flauta.

Pero ¿por qué si, por mucho que su padre hubiera podido repararla, no tenía poderes en un lugar como este? Aquí no valía más que una flauta cualquiera.

Y, sin embargo... la reacción fue inmediata. Lo observé en la lamia que me esperaba expectante junto a las raíces del manglar en el que me había refugiado. Sus ojos, antes agresivos y sedientos de sangre, se habían suavizado y adoptado una expresión pacífica y serena. Incluso su boca, que hasta ahora mostraba amenazante las hileras de sus dientes, se había cerrado. ¡Parecía disfrutar de la música! Era como si de pronto se hubiera olvidado de mí y hubiera decidido limitarse a flotar, dejándose llevar por las vibraciones del agua a su alrededor que producía la melodía tranquila de Teo.

—Eres un genio —murmuré incrédula—. No tengo ni idea de por qué, pero funciona.

A lo lejos, Unax emergió del agua con Emma en brazos. La sacó a la superficie y se aseguró de que conseguía respirar. Desde mi posición la vi asentir con la cabeza y toser. El alivio casi hizo que perdiera el equilibrio del todo y me cayese al agua.

—¡Teo! —Unax nos hizo una señal—. No dejes de tocar, ¿vale? No dejes de tocar ni un solo segundo. Vamos a seguir caminando, ¿de acuerdo? Nada de movimientos bruscos. No estamos tan lejos de la orilla. ¡Seguidme!

No soltó a Emma. Durante los diez minutos que nos alejaban de la tierra firme caminó delante de nosotros con ella en brazos. Si no hubiera estado tan tensa, habría intercambiado una mirada cómplice con Teo, pero teníamos cosas más importantes en las que pensar como, por ejemplo, que por nada del mundo sucediera un contratiempo que hiciera que Teo dejase de tocar. Caminé a su lado, ayudándole a solventar los obstáculos y avisándole de cada tronco y piedra que podría haberle hecho perder el equilibrio. Él tocaba concentrado, tanto que incluso hubo un momento en el que dejó que yo le sujetara el brazo y le guiase mientras él cerraba los ojos.

La canción era muy bonita. Juraría que la había escuchado alguna vez, pero probablemente hubiera sido en algunos de los discos que tenían mis padres de música clásica. ¡Teo tocando música clásica!, pensé. Vaya, vaya. El conservatorio le estaba haciendo madurar a pasos agigantados.

—Ya queda poco, Teo... Ya veo la orilla —dije al cabo de un rato, pero su expresión no cambió ni un ápice.

Solo cuando sus pies salieron del agua y dieron con tierra firme, Teo separó los labios de su instrumento y abrió los ojos.

—Recordadme que nunca más vuelva a quejarme de los mosquitos —dijo, solemne.

Me lancé a abrazarle, presa de la emoción, y hasta Emma se acercó para revolverle el pelo.

—Nos has salvado la vida —dijo Unax.

—¿Cómo has sabido que las lamias se calmaban con la música? —pregunté—. Porque eso no ha sido con magia, ha sido solo... la música.

—No tenía ni idea —contestó—. Tenía que probarlo.

Pero entonces nuestra felicidad se esfumó de un plumazo. O, más concretamente, al sonido de unos aplausos lentos que se acercaban a nosotros. Nos separamos inmediatamente.

Uria, escoltada por dos brujos que la seguían un par de pasos por detrás, nos miraba con una sonrisa satisfecha.

Estábamos acabados.

—Vaya, vaya —dijo—. ¿A quién tenemos aquí?

—Uria... —Supongo que la voz de Unax quería sonar conciliadora, pero no formuló un «por favor». Por la mirada de su líder tampoco habría servido de nada. Parecía encantada, como un niño levantándose el día de Reyes. Llevaba mucho tiempo esperando esto.

—¿Qué? ¿Vas a decirme que esto no es lo que parece? —se burló—. Porque te diré lo que parece: que habéis visitado la isla del Exilio y burlado la Ley de Gaua.

Los ojos de Unax refulgían. Estoy segura de que tenía muchas ganas de decirle cuatro cosas. ¡Hasta yo estaba furiosa! Era evidente que nos había seguido desde el mismísimo Ipurtargiak. Habíamos sido demasiado cuidadosos como para que nadie se diese cuenta de nuestra desaparición. Si había conseguido seguirnos la pista es porque llevaba un buen tiempo atenta a cada paso que daba Unax.

Estaba más loca de lo que parecía.

—¡Arrestadles! —exclamó, alegre.

Después de su orden, todo pasó muy rápido. Los dos brujos emitieron un fogonazo de fuerza que hizo que todos perdiéramos el equilibrio y cayésemos al suelo. Antes de que pudiera siquiera levantarme, Unax respondió haciendo algo parecido y el aire se cargó de una energía extraña. Parpadeé, perpleja. Unax y Uria se miraban intensamente y, a su alrededor, pequeñas volutas como de polvo revoloteaban y emitían chisporroteos. No tenía ni idea de qué estaba pasando, pero parecían estar librando una batalla mental.

Claro que los brujos ayudaban a Uria, así que no estaban en igualdad de condiciones. Unax no aguantaría mucho más.

Y eso significaría que nos apresarían y nos llevarían de vuelta al Ipurtargiak.

Que no podría seguir buscando a mi madre.

El corazón me iba a toda velocidad mientras intentaba pensar.

Pero al final, no pensé.

Mis piernas actuaron por voluntad propia y eché a correr sin mirar atrás, presa de un impulso más fuerte que yo misma.

Con el rabillo del ojo pude ver como uno de los brujos sujetaba a Teo del brazo y conseguía reducirle, pero aun así no me detuve y seguí corriendo y corriendo sin mirar atrás.

—¡¡Ada!! —La voz de Emma me sorprendió por detrás—. ¡¿Pero qué estás haciendo?!

Me giré lo justo como para mirarla estupefacta. Quise decir algo, pero estaba tan avergonzada como ahogada por la carrera. ¿Por qué demonios me había seguido?

A lo lejos, Unax y Teo se enfrentaban a los brujos sin nosotras.

No sé cuánto tiempo más estuvimos caminando, pero sí sé que ninguna de las dos dijimos nada y que el silencio se volvía más y más espeso con cada pisada. Yo tenía la vista fija en el frente, y supongo que cualquiera que me viera desde fuera pensaría que tenía muy claro a dónde me dirigía.

Nada más lejos de la realidad.

¿Hacia el norte hasta que fallaran mis fuerzas? ¡Si a duras penas sabía cuál era el norte! En cualquier otra circunstancia habría sabido guiarme por la posición del sol, pero el hecho de que fuera siempre de noche complicaba bastante las cosas y había tenido que recurrir a tratar de encontrar la estrella polar. Al menos, creía que la había encontrado. Supongo que me la imaginaba más brillante. Pero tenía que ser esa, ¿no? Primero encontrabas el carro de la Osa Mayor, después multiplicabas la distancia del extremo superior por... ¿cinco?, hacia la izquierda y...

—Esto es absurdo.

La voz de Emma apartó mi vista de las estrellas, pero no dejé de caminar ni tampoco respondí. No estaba preparada para esa conversación; ahora no. Tenía que encontrar al Basajaun. Tenía que estar atenta a todas las señales.

Pero Emma debió de decidir que, ya que había sido la primera en abrir la boca, no iba a ser en balde:

—¡Ni siquiera sabes exactamente qué es lo que estás buscando! —vociferó—. ¡Llevamos horas caminando, y a saber cuántas nos quedan!

—¡¿Y por qué me has seguido?!

Antes de que nos diésemos cuenta, nuestro silencio se había convertido en gritos.

—¿Crees que tenía otra opción?

—¡No te he pedido que me siguieras!

—¡Eres...! ¡Agh! —Amortiguó un gruñido entre su mano cerrada—. ¡Eres tan egoísta que ni siquiera eres consciente! ¿De verdad te crees que puedo dejar que te vayas tú sola a por no sé qué criatura siguiendo las instrucciones de un tío que ya te secuestró una vez?

—Es cosa mía.

—No. No es cosa tuya. ¡Eres mi prima pequeña! Mi deber es protegerte. El deber de Teo es protegerte. ¿Crees que a alguno de los dos nos hacía gracia venir hasta aquí sabiendo que te busca, en fin, ¡el señor de las Tinieblas!? ¿Crees que me apetecía dejar a Teo con esa psicópata?

Caminé más deprisa todavía, tratando de que ese incómodo destello de culpabilidad desapareciera cuanto antes.

—Pues vuelve con él. Es mi culpa, ¿no?, ¡pues vete!

—¡Que no voy a dejarte sola!

—No necesito que me cuides —dije, algo ahogada. Estábamos caminando tan deprisa que podía sentir el primer pinchazo del flato en un costado—. Y si tanto... si tanto te preocupa... Teo... ¡ve a por él!

Emma pasó por delante de mí y me cortó el paso, obligándome a detenerme. Por primera vez desde hacía ya un buen rato, la miré directamente a los ojos.

—No te das cuenta, ¿verdad? Estás persiguiendo a una familia que no sabes si existe y estás dejando atrás a tu familia de verdad.

No sé si fueron sus palabras o el esfuerzo, pero algo se clavó entre mis costillas y me obligó a doblarme sobre mí misma. Emma se alarmó y trató de agacharse, pero la aparté de un manotazo. Lo último que quería era que viera que estaba a punto de llorar.

Lo que había dicho retumbaba dentro de mi cabeza y amenazaba con desbordarme las lágrimas, pero las contuve mientras intentaba poco a poco recuperar el ritmo de mi respiración.

De repente, até cabos.

—Mis fuerzas —dije.

—¿Qué?

—«Cuando te flaqueen las fuerzas...», ¿te acuerdas? —Traté de incorporarme, todavía con la mano en el costado, y miré a mi alrededor—. ¿Cómo seguía?

Emma me miraba, totalmente confusa.

—«Busca consuelo en el quinto árbol a la izquierda» —completó, aún con el ceño fruncido—. ¿Estás segura de que es ahora?

—Claro que no —contesté. Menuda pregunta más absurda—. Quinto árbol, quinto... a ver, ¿empezando por este?

Toqué con las manos el primer árbol, tratando de cerciorarme de que era el más inmediatamente a la izquierda que tenía en el momento en el que tuve que doblarme sobre mí misma, pero no estaba del todo segura, así que comencé a examinar los árboles de la zona, uno por uno, mientras Emma me miraba como si hubiera acabado de volverme loca por completo.

—¿Vas a ayudarme o no? —exclamé, frustrada.

—¡Pero es que no sé qué es lo que tenemos que hacer! —Esta vez, me pareció que era ella la que perdía los estribos. Tenía las mejillas inyectadas en sangre—. ¡Que las instrucciones eran ridículas! ¡Igual que el cuento de Elizondo!

De pronto, lo vi.

Detrás de ella.

Se me paró el corazón.

—Emma —dije en un hilo de voz.

—¡... Que nos estamos dejando llevar por cuentos infantiles! —seguía, pero yo ya no podía escucharla.

—¡Emma!

—¡Que no tiene ningún sentido lo que estamos...!

Me abalancé para taparle la boca con una mano. Me miró furiosa.

—Emma —repetí, muy despacio—. Hay un... bicho enorme detrás de ti.

Quise decirle que no gritase, pero no me dio tiempo a hacerlo porque, en cuanto terminé la frase, Emma se giró de golpe y profirió un grito que se escuchó en todo el bosque y provocó el revoloteo de unos cuantos pájaros.

Lo que teníamos frente a nosotras era una criatura de dimensiones descomunales, más alta que cualquiera de los árboles del bosque, aunque, por su aspecto, perfectamente habría podido camuflarse entre ellos. Sus piernas parecían dos enormes troncos de árbol, pero si te fijabas atentamente, descubrías que las recubría una espesa manta de pelo que se extendía por todo su cuerpo hasta su cabeza. Tenía una nariz muy gorda, parecida a la de los galtxagorris, redonda y bulbosa, y de ella emergía una barba larguísima.

Sujeté a Emma de la mano, pero porque temía que en cualquier momento echase a correr. Era el Basajaun, estaba segura, y yo tenía demasiadas preguntas. No podía marcharme todavía, así que me aclaré la garganta y traté de reunir las fuerzas suficientes como para encarar a ese monstruo del bosque.

Pero antes de que pudiera hacerlo, desde detrás de una de sus patas emergió una mujer que primero asomó solo la cabeza y después dio un par de pasos hacia nosotras, cautelosa, permitiendo que la viésemos por completo. Se me cortó la respiración. Tenía el cabello negro, liso, aunque un poco encrespado, como el mío, y le caía desordenado hasta el pecho. Su cara era un poco redonda, de piel pálida y nariz pequeñita.

Como la mía

Por un momento, pensé que me flaquearían las rodillas.

Esta vez fue la mano de Emma la que me sujetó a mí.

Nos miramos en silencio mientras ella se acercaba despacio en mi dirección, como si fuésemos dos animales asustados, hasta que finalmente un par de lágrimas cayeron por sus mejillas.

—Ada —dijo justo antes de que yo venciera la distancia que nos separaba y corriera a abrazarla, presa de un instinto que ni siquiera sabía que tenía.

¿Sabes esa sensación que tienes cuando llegas a casa? Ese olor particular, tal vez, o el confort del sonido reconocible de unas pantuflas que recorren el pasillo... ¿esa sensación de seguridad, de haber llegado por fin después de un largo largo viaje?

Eso es algo parecido a lo que sentí cuando abracé a mi madre por primera vez.

9

Teo

Mis manos se aferraban a los barrotes. Agitaba los brazos con todas mis fuerzas, con la esperanza de vencer al hierro y que pudiéramos salir de allí.

Por supuesto, era inútil.

Uria y sus secuaces nos habían llevado a los calabozos del Ipurtargiak, a los cuales habíamos llegado bajando tantas escaleras de caracol que teníamos que estar varios metros bajo tierra, ¡como mínimo! Esa loca había dicho que nos quedaríamos allí encerrados a la espera de juicio, pero no había concretado cuándo sucedería ni cuántos días habríamos de pasar en esa prisión minúscula, con un solo taburete de madera y una única manta, que debíamos compartir entre los dos.

Tendrías que haber visto su sonrisa. Ni siquiera se esforzó por contenerla. No hacía falta ser muy listo para darse cuenta de que Uria se estaba ensañando de lo lindo con Unax. ¿De verdad tenía que dejarnos aquí? Por el óxido de los barrotes y el olor a humedad que desprendían las paredes empedradas, este lugar tenía toda la pinta de no haber sido utilizado desde la Edad Media. El suelo estaba cubierto de paja y, no quería pensarlo mucho, pero hacía un buen rato me había parecido distinguir una rata entre uno de los montones. Solo de recordarlo, me entraba un sudor frío bastante desagradable.

Pensé en Uria. Tenía que estar disfrutando de todo esto. Y eso me enfureció aún más. Me aferré todavía con más fuerza a los barrotes, sintiendo el hierro oxidado clavándose en mi piel.

—¡Dejadnos salir! —grité, y el eco de mi voz resonó a lo lejos—. ¡No podéis dejarnos aquí!

—Es inútil, Teo.

Unax estaba sentado en el suelo de paja en el otro extremo de nuestra prisión (vamos, a dos pasos), y miraba a la nada abrazándose las rodillas, con la espalda apoyada en la pared. Era la viva imagen de la derrota.

Pero yo estaba demasiado indignado, demasiado furioso, como para rendirme.

—¡¡AYUDA!! ¿Me oye alguien? ¡Ayuda!

Para mi sorpresa, el eco me devolvió algo más que mis gritos esta vez. Por el hueco de las escaleras empezó a retumbar el caminar lento y pesado de alguien que bajaba en nuestra dirección. Tragué saliva, nervioso.

El hombretón que emergió por el hueco de las escaleras no tenía mucha pinta de querer ayudarnos. Su cuerpo se balanceaba hacia los lados con cada pisada como si el mero hecho de mantenerse en equilibrio le supusiera un esfuerzo.

—¿Qué son esos gritos? —gruñó.

Me pareció más inteligente no responder.

En sus manos llevaba un cuenco metálico y lo dejó en el suelo con deliberada violencia.

—¡La próxima vez que os oiga gritar no seré tan amable! ¿Me habéis entendido?

Fruncí el ceño, pero aguanté en silencio hasta que sus pasos se perdieron por la escalera. Solo entonces me agaché y metí el brazo entre los barrotes para alcanzar los cuencos. Contenía un mísero trozo de pan. Lo toqué con fastidio. ¡Encima estaba más duro que una piedra!

—¡Un pan duro! —Se lo mostré a Unax—. Ni en las películas.

Mi compañero de celda me miró, pero se limitó a encogerse de hombros.

—En serio, ¿esto es legal? —pregunté, indignado—. ¿No tenemos derecho a un abogado o algo?

Arrugó las cejas.

—Un abo... ¿qué?, ¿pero cómo vamos a tener derecho a un abogado? —Me miraba como si acabase de decir la tontería más ridícula que había oído en años—. Estás en Gaua, Teo, aquí las normas no funcionan como en tu mundo. Uria ostenta el rango más alto de poder dentro del linaje de los Empáticos. Puede hacer literalmente lo que le dé la gana. Si quiere tenernos aquí un mes, nadie tiene autoridad para impedírselo.

Me senté en el suelo y me crucé de brazos.

—Pues es injusto —recalqué.

—Hace ya un tiempo que no me paro a pensar en el sentido de la justicia —dijo después de unos segundos de silencio mirándose las zapatillas—. Todo el mundo lo menciona como si fuese una especie de verdad absoluta, pero... ¿qué es, en realidad? No existe, ¿dónde está? No es más que una idea, es algo... artificial, y cada uno construye la suya. Por culpa de la supuesta justicia estamos aquí, ¿no?, pero también en nombre de la justicia, de otro tipo de justicia, hay gente que ha hecho mucho daño a otras personas. La justicia no sirve para nada.

Asentí despacio, aunque, en realidad, no estaba seguro de haberle comprendido bien. Por su expresión supuse que de alguna forma aquello tenía que ver con su padre y su obsesión por derribar el portal. Ximun dijo que hizo lo que hizo por justicia, por el derecho de los brujos a poder atravesar el portal. Y es cierto que no solo había estado a punto de hacerle mucho daño a Ada, sino que a él tampoco le había llevado precisamente a buen puerto.

Y tenía razón, también en nombre de la justicia estábamos aquí.

Le eché una ojeada rápida. La verdad es que no dejaba de ser irónico, ¿no?, un chico que había nacido con todas las papeletas para tenerlo todo, para liderar el linaje de los

Empáticos... ahora no solo había perdido el valor de su apellido sino que le habían pillado cometiendo un delito, se habían esfumado todas sus oportunidades para ser líder y estaba sentado entre excrementos de rata.

—Recuerda que puedo oír lo que piensas —farfulló entre dientes.

—Perdona.

Qué incómodo.

Tamborileé los dedos sobre mis rodillas.

—Tampoco creo que hubiera conseguido ser líder, en cualquier caso —continuó, para mi sorpresa—. Me presenté más bien para asegurarme de que al menos lo había intentado.

—No sabía que te habías presentado.

Se le dibujó una sonrisa triste.

—Hace unos días presenté mi solicitud al consejo. Por supuesto, Uria se enteró, así que estoy seguro de que lleva siguiéndome desde entonces, esperando el más mínimo desliz para quitarme de en medio.

—Pues se lo has puesto en bandeja.

—Eso parece —suspiró—. No pasa nada. Tampoco lo habría conseguido. ¿Todas esas familias que eran leales a mi padre? ¡Ja! Tardaron menos de diez minutos en darme la espalda cuando le exiliaron. Se les llenaba la boca hablando de fidelidad, ¿sabes?

Le observé confuso.

—Pero entonces ¿por qué te presentaste? Si tenías tan

claro que era absurdo, ¿por qué no te ahorraste el mal trago?

Respiró profundamente.

—No sé... supongo que pensé que... —Se frotó la frente—. Yo qué sé.

Entonces comprendí.

En el fondo, seguía queriendo complacer a su padre. Pese a todo lo malo que había hecho, había una parte en él que seguía buscando su aprobación.

—No es tan sencillo... —me corrigió tras escuchar mis pensamientos—. Quiero ser líder. Creo que estoy preparado y siento que es mi deber.

Asentí, dispuesto a dejar el tema, aunque a mí me sonó poco convincente.

Unax no tenía que explicarme mucho sobre padres con exigencias imposibles de cumplir. El mío ya me llevaba por la calle de la amargura, gracias. ¡Y eso que estaba mejorando! Pero ¿aun así?, le faltaba muy poquito para exigirme calificaciones perfectas también en el conservatorio.

Unax me miró, sonriendo.

Ah, otra vez lo de leer los pensamientos. Claro.

A lo lejos, me pareció que la rata volvía a moverse. Eché una ojeada al currusco de pan, que estaba empezando a tentarme.

—En fin, supongo que podría ser peor —dijo Unax.

—¿Peor? —exclamé—. Estamos en una celda. Con un pan que, probablemente, hornearon en la prehistoria y una rata correteando por ahí. Que mi vida está a expensas de una chica que te tiene bastante manía. ¡Ah, bueno! Y que estoy maldito por Mari, claro, que es un pequeñísimo detalle que se me había olvidado mencionar. En el fondo, estoy seguro de que es la razón por la que nos ha pasado todo esto, ¿eh? Es que es el fin. ¡Mi vida no puede empeorar!

Unax puso los ojos en blanco.

—Mari no te ha maldecido —dijo—. Mari no maldice a nadie.

Reconozco que la seguridad con la que dijo esa frase me proporcionó un poquito de alivio. Pero solo un poquito. Después, arrugué la nariz.

—¿Alguien sabe exactamente lo que puede o no puede hacer?

Unax me miró en silencio, como si acabase de decir una barbaridad, una herejía o algo así. Pero al final estalló en una carcajada y negó con la cabeza.

—No, supongo que no.

Eso me parecía.

Apoyé la cabeza contra la pared y respiré hondo. Estuvimos así unos minutos, escuchando solo el sonido de una gota que caía mecánicamente sobre el metal de los barrotes.

—¿Crees que tu padre nos ha dicho la verdad? —dije al cabo de un rato—. Con lo de las instrucciones para llegar al Basajaun.

Alzó las cejas. No parecía muy convencido.

—Con mi padre es imposible saberlo, pero juraría que ha sido sincero. No tendría por qué mentir en cualquier caso. No tendría sentido.

Yo asentí y no dije nada más, pero Unax me dio una palmada en la rodilla.

—Estarán bien —dijo—. Nos necesitan bastante menos de lo que pensamos.

En eso tenía razón.

10

Ada

El cuento no mentía: por nosotras mismas, jamás habríamos logrado encontrar el hogar de mi madre.

Para acceder a él tuvimos que trepar sobre el cuerpo del Basajaun y agarrarnos al pelaje de sus hombros mientras caminaba y hacía temblar el bosque entero. Nos llevó así un buen rato, balanceándose de un lado al otro, mientras las bandadas de pájaros se levantaban asustadas ante su estruendo. Nunca había visto el bosque desde tanta altura. Las copas de los árboles quedaban al nivel de la barbilla del gigante. De repente, se detuvo frente a uno de ellos y lo agarró con su brazo.

Tuve miedo a perder el equilibrio cuando frenó de golpe, pero mi madre me sonrió y me transmitió un poco de tranquilidad.

Mi madre.

¿Llegaría a acostumbrarme a llamarla así?

Lo decía mentalmente, le daba vueltas en la boca, tratando de hacer la palabra mía y habituarme a su nuevo significado. Porque para mí, «madre», o «mamá», era la mujer que me había criado toda la vida y eso seguía sin cambiar. Pero ahí estaba ella, con la mano tendida hacia mí y una mirada familiar, invitándome a formar parte de su vida. Era lo que había deseado siempre y, aun así, aunque no entendía por qué, estaba muerta de miedo cuando le cogí la mano.

En el momento en que lo hice, el árbol que se erguía ante nosotras se abrió por la mitad, desgarrándose mágicamente hasta formar una puerta. Lo observé con los ojos como platos. ¿Una casa mágica dentro de un árbol? Era mucho mejor de lo que había imaginado en mis sueños.

Con cuidado de no caernos, caminamos por los hombros del Basajaun y nos adentramos en el interior de su escondite.

—Es... increíble —dije. Pero esa palabra se quedaba corta.

Mi madre vivía en una cabaña de madera. Las ramas del árbol serpenteaban por toda la casa formando varias hileras de estanterías y algunos de los muebles, como la gran mesa redonda que presidía la estancia, un armario y el cabecero de su cama. Los muebles se... movían. No, ¡era más que eso! No sabría explicártelo con palabras. Esa casa parecía un ser vivo, como si fuera un animal y pudiera respirar por sí misma. Debía de ser cosa de la magia, por supuesto, del propio árbol en sí, o de algún truco de mi madre, o quizá del Basajaun. Yo abría y cerraba la boca, maravillada por cuanto sucedía a mi alrededor. Una tetera había empezado a hervir según pasamos por la puerta, y las estanterías, a veces incómodas de soportar el peso de los libros, se recolocaban y cambiaban de posición.

Emma miraba en todas las direcciones, casi tan asombrada como yo.

—¿Te gusta? —dijo mi madre, y yo asentí varias veces.

—Es preciosa.

—Sois mi primera visita desde hace mucho mucho tiempo. —Rio y, al hacerlo, los pómulos se convirtieron en dos pelotitas prominentes en sus mejillas—. Sentaos, ¿queréis una infusión? Imagino que tendréis mil preguntas.

La obedecí, aunque no hizo falta que hiciera gran cosa. La silla se acercó a mis pantorrillas y, ¿tímidamente?, me invitó a aceptar su asiento. Después, me empujó contra la mesa y otra silla hizo lo mismo con Emma. Ambas compartimos una mirada estupefacta.

¿Mil preguntas? ¡Miles de millones! Llevaba toda una vida acumulándolas y guardándomelas, pensando que no irían a ninguna parte y morirían conmigo. Pero ahora la tenía delante, y era real y... ¿por dónde empezar? La sensación era tan abrumadora que me parecía que la habitación daba vueltas a mi alrededor.

Mi madre llegó sujetando la tetera con un paño de cuadros y la dejó con cuidado sobre la mesa, como si temiera hacerle daño. Después, tomó asiento y me miró con una sonrisa un poco impaciente.

En el fondo, también parecía un poquito nerviosa.

Me aclaré la garganta, tratando de buscar la pregunta más adecuada, pero tras unos segundos de silencio, opté por comenzar por el principio.

—¿Cómo te llamas?

Mi ocurrencia la hizo reír.

—Nahia.

—Nahia —repetí—. Me gusta.

Mi madre me sirvió la infusión y cogí la taza, por tener algo en lo que ocupar las manos. Me la llevé a la nariz. Olía a flores, pero también a menta, manzanas, galleta y algodón de azúcar, todo a la vez. En cualquier otra circunstancia habría jurado que esa combinación era imposible, pero ahora... bueno, supongo que ya había rebasado el umbral de lo imposible al entrar en aquella casa.

Tomé aire y clavé la vista en la mesa.

—El invierno pasado conocí a una lamia que dijo que te había visto —dije.

Tampoco sé por qué le conté eso. De algún modo supongo que lo necesitaba.

—Me dijo que le recordaba a ti —continué, y asintió muy levemente. Tenía la mirada vidriosa—. Dijo que no eras como los demás.

Ahora se mordía el labio superior y parpadeaba rápido en un esfuerzo evidente por no romper a llorar otra vez. A mí no me habría importado de todas formas; el nudo en mi garganta volvía a estar ahí y se resistía, incómodo, impidiéndome tragar con normalidad. Nahia alargó la mano para tocar la mía y la apretó con suavidad.

—Bueno, no nos queda otro remedio que ser un poco raras, ¿no te parece? —dijo.

Emma, que hasta ahora nos miraba escondida detrás de su té, se levantó despacio.

—Seguro que necesitáis estar solas, no quiero... ¿hay algún sitio donde pueda tomar un poco de aire?

Mi madre asintió.

—Hay un balconcito detrás de esa ventana —le indicó—. Gracias, cielo.

Emma nos sonrió y nos dejó solas. Entonces sí, miré a mi madre a los ojos y todo lo que estaba tratando de contener estalló incontenible como una lata de Coca-Cola recién agitada.

—Te he buscado por todas partes. Desde que supe lo que pasó y me contaron quién eras, desde que me dijeron que no me abandonaste... sabía que estabas viva. Me dijeron que estaba loca, que seguro que estabas muerta. Pero yo sabía que no. Sabía que estabas en alguna parte. ¡Tenía que venir a buscarte!

—Lo sé, cariño.

—¿Sabías que estaba en Gaua?

Asintió con la cabeza.

—Te sentía. Simplemente, lo sabía. Así que te busqué. Te vi varias veces, te seguí... Intenté ayudarte en más de una ocasión, pero era difícil hacerlo sin ponernos en peligro a las dos.

—¿Entonces la presencia que sentí en la nieve...? ¡Sí que eras tú! La primera vez que hice magia. ¡Lo sabía! ¡Nadie me creyó!

Sonrió de nuevo y se llevó mi mano a sus labios, asintiendo.

—Reconozco que fue poco cauteloso por mi parte, pero estabas tan desprotegida... Sabía que Gaueko te estaba buscando y que el Inguma estaba suelto en el Mundo de la Luz. Que fueras por ahí sin un mínimo control sobre tu magia era sencillamente una temeridad. —Eso pareció recordarle algo y, por un instante, su mirada se volvió algo severa—. Pero no deberías haber venido a buscarme, Ada.

Sentí cada una de sus palabras clavándose en mi corazón. Ella se dio cuenta y me acarició el pelo.

—No había nada en el mundo que quisiera más que verte, ¡pero te has expuesto a un peligro tremendo! Tu lugar está en el Mundo de la Luz, cariño, te mandé allí para protegerte, para que una familia pudiera cuidar de ti y Gaueko no te encontrase nunca. Cada vez que vienes por aquí corres el riesgo de que te encuentre y todo el sacrificio haya sido en vano...

Una lágrima cayó por mi mejilla. Sabía que tenía razón en lo que me decía, pero pedirme que no buscara a mi propia madre era injusto. Era demasiado. ¿Qué esperaba que hiciera? ¿Que me quedase de brazos cruzados sin seguirle la pista? ¿Cómo iba a volver a vivir mi vida si sabía que ella estaba en alguna parte? Necesitaba verla. Al menos una vez. Eso tenía que comprenderlo.

—Tienes que prometerme que estarás bien —insistió poniéndome un mechón de pelo detrás de la oreja—. ¿De acuerdo? Que volverás a casa y que serás muy feliz. ¿Cómo son tus padres? Háblame de ellos.

No sé muy bien por qué, pero el sollozo que me invadió, unido a un intento un poco torpe de llevarme la infusión demasiado caliente a los labios, hizo que la taza se me resbalara e impactase sobre la mesa. Solté un alarido, mezcla de dolor y preocupación por que se hubiera roto en pedazos. La taza, afortunadamente, estaba intacta, pero el agua caliente se había derramado en mi mano y quemaba a rabiar.

Mi madre actuó deprisa. Sin decirme nada, cogió mi mano entre las suyas y cerró los ojos, murmurando algo en euskera que no pude comprender. Yo estaba tan concentrada en el movimiento de sus labios recitando lo que fuera que estaba diciendo, que tardé en darme cuenta de que, bajo sus dedos, mi piel enrojecida se calmaba y recuperaba su tono habitual. El dolor se esfumó con la misma rapidez.

Me la miré, primero la palma y después el dorso, atónita.

—¡Me has curado!

Mi madre tardó unos segundos en comprender el motivo de mi sorpresa. Supuse que, para ella, lo que acababa de hacer era un acto tan cotidiano como lavarse los dientes.

—¿Puedes curar a la gente?

—Y tú también podrás —dijo, y se acercó como si fuera a contarme un secreto—. Es solo una de las cosas que podemos hacer. No está mal para el linaje perdido, ¿eh?

—¡Enséñamelo todo! —exclamé, quizá demasiado ansiosa.

—¿Ahora? —Rio—. ¡Acábate primero el té por lo menos! Todavía no me has hablado de tu familia. Quedaos a comer, ¿vale? Quiero saberlo todo: cómo son, qué haces en el cole, qué cosas te gustan... después te prometo que te contaré un par de trucos. Tenemos tiempo.

La vida tiene un extraño sentido del humor.

Porque ese «tenemos tiempo» fue lo último que le escuché decir antes de que las raíces de la casa temblaran y el suelo se resquebrajase a nuestros pies.

No teníamos tiempo. Aquel encuentro solo fue una ilusión fugaz de toda una vida robada y acabó tan pronto como había empezado, dejándome exactamente igual que antes de conocerla: con un millón de preguntas sin resolver y una enorme sensación de vacío e impotencia en el corazón.

No teníamos tiempo. No lo habíamos tenido nunca.

Gaueko nos había encontrado.

11

Emma

La oscuridad se había apoderado de la casa.

Un manto de tinieblas había entrado por todas partes: por las ventanas, colándose por cada rendija y haciendo temblar el suelo y las paredes. Fue como un vendaval que lo arrolla todo a su paso: en cuestión de segundos, todas las velas se habían apagado, la vajilla caía de las estanterías hasta romperse y Ada y su madre se abrazaban asustadas. El tiempo se dilató lo suficiente como para creer ver todo aquello a cámara lenta desde el balcón, aferrada a la valla de madera. Quería correr hacia ellas. Hacer algo. ¡Ayudar de alguna manera! Pero tenía tanto miedo que no podía moverme.

El viento silbaba con tanta fuerza que azotaba las persianas y amenazaba con romper los cristales de las ventanas. A duras penas podía abrir los ojos ni escuchar nada más que ese zumbido, haciéndose más y más grande..., pero tampoco hizo falta para entender que Él estaba ahí.

Podía sentirlo en cada molécula de mi ser.

Notaba su presencia congelándome la sangre, invadida por el mismo sudor frío que te acompaña en tus peores pesadillas. Era como si su oscuridad pudiese meterse dentro de mí, arrancándome la esperanza y dejándome temblorosa y atemorizada, vencida ante la nada.

—Cuánto tiempo, Nahia.

Su voz hizo que me recorriera un escalofrío. Intenté abrir los ojos pese al viento, pero todo cuanto pude ver era oscuridad.

—¡Deja que ella se vaya! Llévame a mí —exigió Nahia.

—¡Mamá, no!

Gaueko rio.

—Me has sido de mucha utilidad, Ada... Llevaba años buscándola, no habría podido hacerlo sin ti.

No me hizo falta ver la expresión de Ada para imaginar que aquellas palabras se habrían clavado en lo más profundo de su pecho. Yo misma sentí que me invadía la ira.

—Me tienes a mí —insistía Nahia—. No necesitas a Ada. Deja que se vaya y te prometo que colaboraré.

—Muy tierno —ironizó—. Pero es un poco tarde para negociar, ¿no te parece? Las dos vais a venir conmigo.

De pronto, el suelo sobre el que nos sosteníamos volvió a temblar y, esta vez sí, me hizo trastabillar. Caí al suelo y supliqué mentalmente que no se hubiera dado cuenta, aunque sabía bien que era imposible. Lo sentí acercarse hacia mí. «Por favor, por favor no, por favor, no me encuentres», recé, no sé muy bien a quién.

Pero entonces, el ruido que yo pudiera haber hecho quedó totalmente amortiguado por un estruendo aún mayor. Por la envergadura de los movimientos y la brutalidad con la que la casa temblaba, imaginé que el Basajaun estaba intentando salvarnos. Era difícil comprender lo que estaba pasando sin poder ver nada, pero pude notar varios estallidos de luces y sentir una oleada de energía muy intensa. Después gritos, forcejeos y, de repente... nada.

Esperé unos segundos en el más absoluto silencio. Temblando.

Conforme la oscuridad espesa de Gaueko se alejó de mí, la luz de la luna volvió a iluminar el balcón. Miré a mi alrededor, pero Ada y su madre habían desaparecido. Tampoco había rastro del Basajaun. Sentí como el pánico se apoderaba de mí.

Solo entonces miré hacia abajo en mi propia dirección, tratando de comprobar si estaba herida. Pero lo que vi me heló la sangre. O más bien, lo que no vi.

Porque mis piernas no estaban en ninguna parte. Ni tampoco el resto de mi cuerpo.

Respiré profundamente, tratando de dejar de temblar.

Me había vuelto invisible.

Después de unos segundos debatida entre el pánico y el aturdimiento, decidí seguirles. No entendía cómo había conseguido invisibilizarme. No era consciente de que fuera algo que podía hacer y, desde luego, tampoco sabría cómo repetirlo. ¿Cómo lo había hecho? Una parte de mi cerebro se había quedado embobado mirando el vacío que había en lugar de la piel. ¡Era alucinante! ¡Podía hacerme invisible! ¡Yo! Que hasta hacía bien poco era incapaz de invocar mi escudo de manera consciente. ¿Cómo es que nadie me lo había advertido? Una habilidad así podía ser de mucha utilidad. ¿Tal vez no era algo tan frecuente? No recordaba haber visto a nadie desaparecer de esa manera durante mi paso por el Ipurtargiak.

«Vamos, Emma, muévete. Tienes que rescatar a Ada.»

Me puse en marcha.

Conseguir bajar del árbol fue bastante complicado, porque era incapaz de ver dónde colocaba las manos y eso me hacía perder el equilibrio. Tardé en acostumbrarme a la sensación y darme cuenta de que tenía que guiarme por el resto de mis sentidos. En cierto modo, era algo parecido a moverse con los ojos cerrados.

Ya en tierra, eché una ojeada en todas las direcciones.

No veía a nadie por ninguna parte, pero sentí una oleada de frío detrás de mi espalda y decidí dejarme llevar por ella. Eché a correr por el bosque, confiando en que esa sensación me llevaría hacia Gaueko, pero lo cierto es que no tenía ni la más remota idea de si era la dirección correcta ni mucho menos durante cuánto tiempo podría mantener el efecto de mi invisibilidad, así que debía andarme con cuidado.

Se movían deprisa. Podía notarlo por la velocidad a la que el frío desaparecía, que me obligaba a aumentar el ritmo de la carrera esquivando los obstáculos del camino. No me habría venido mal un poco de luz para guiarme, pero sacar una de las velas que llevaba conmigo habría sido un error. Debía permanecer así, invisible, el mayor tiempo posible.

El aullido del primer lobo me paró el corazón y me hizo detenerme de golpe.

Lobos.

Traté de no hacer ruido.

Al aullido pronto le siguió otro. Y otro. Y otro, expandiéndose como si fuese una onda en el agua.

Sentí como se me erizaba la piel, aunque no pudiera verla. Los lobos nunca eran una buena noticia.

«Vamos, Emma, sigue.»

Volví a correr y, tras unas cuantas zancadas, llegué a lo alto de una colina y pude ver a mi alrededor. Efectivamente, todo el bosque estaba lleno de esas criaturas. Veía sus ojos iluminados por la luz de la luna, destellando como si fueran pequeños espejos. A lo lejos, se erguía una enorme mancha negra que parecía la humareda de un incendio.

Caminé algo más despacio con la intención de acercarme para verlo mejor. Porque desde luego, fuera lo que fuese, aquello no era producto del fuego. Agudicé la mirada y me percaté de que era una especie de cilindro, que se elevaba hacia el cielo creando una especie de fortaleza de niebla oscura. Ada y su madre debían de estar allí dentro.

Sentí mi corazón bombeando sangre a toda velocidad.

¿Cómo iba a conseguir entrar? ¡Ni siquiera sabía qué era aquella niebla! ¡Ni lo que podía hacerme!

Pero tampoco es que tuviera muchas más opciones. Si Ada estaba allí, si Gaueko la tenía, yo... Tenía que entrar.

Di un par de pasos más hasta vencer por completo la distancia que me separaba de ella. Levanté mi cabeza por completo, pero ni siquiera así pude llegar a ver el fin de aquel manto de niebla. Alcé los dedos con cuidado, dispuesta a tocarla. Tragué saliva.

Apenas mis dedos la rozaron, mi visión se desvaneció. Fue algo inmediato. Perdí absolutamente la vista y todo se oscureció de la misma forma que me había ocurrido en la cabaña de la madre de Ada.

Me asusté tanto que di un traspié hacia atrás y me caí al suelo. Miré a la torre de niebla, horrorizada. ¡Esa niebla te dejaba ciego! ¿Cómo iba a conseguir sacar a Ada de allí si no podía verla? Pero pronto esa preocupación quedó desterrada por una más inmediata. El ruido de mi caída había llamado la atención de un lobo y ahora corría en mi dirección a una velocidad insalvable.

Al menos, apartada de la niebla, había recuperado la visión. Me miré y comprobé aliviada que seguía siendo invisible. Aun así, tratar de levantarme habría supuesto una muerte segura, así que esperé, deseando con todas mis fuerzas que aquel bicho pasase de largo.

Pero el lobo no solo había escuchado algo. Olía algo. Su hocico no paraba de aletear buscando a su presa. Su olfato debía de indicarle que no me había ido muy lejos. Mi truco de la invisibilidad no podía protegerme de eso.

Su boca se abrió presa del instinto y empezó a salivar. Cerré fuerte los ojos para no ver esas fauces amenazadoras a un escaso centímetro de mí, y traté de concentrarme con todas mis fuerzas en no hacer ni el más mínimo ruido. Me costaba controlar la respiración. Sentía su aliento en las raíces de mi pelo.

Con mucho cuidado, llevé las manos a la capucha de mi abrigo y me cubrí poco a poco la cabeza. Tenía la esperanza de que eso cubriera un poco mi olor corporal, pero me temblaban tanto los dedos que sabía que era cuestión de segundos que ese lobo me descubriera.

Contra todo pronóstico, mi idea funcionó. El lobo parecía algo contrariado y olfateaba a su alrededor. Tuve suerte porque, al instante, una rama se rompió a lo lejos. Probablemente lo provocase otro animal, pero fue una distracción suficiente como para desviar su atención y que echase a correr en dirección de aquella pista falsa.

Solté todo el aire de mis pulmones de golpe, aliviada.

Había faltado poco.

De todas formas, yo sola no iba a llegar muy lejos.

Tenía que buscar ayuda.

Por lo visto, para dejar de ser invisible solo tenía que concentrarme en dejar de serlo. Tras caminar de vuelta un buen rato, mi cuerpo apareció de la nada en las puertas del Ipurtargiak y un alumno desprevenido escupió su refresco al verme.

¿Igual no era una habilidad tan habitual? Mientras entraba en el instituto el chico me seguía con la mirada patidifuso, como si hubiera visto un fantasma. Pero ahora no tenía tiempo para hacerme ese tipo de preguntas. Debía encontrar a Teo y a Unax. Tenían que ayudarme a sacar a Ada de allí.

Claro que... ¿dónde podría habérselos llevado Uria? Seguro que los había encerrado en algún lugar, pero ¿dónde? ¿Había alguna prisión en el pueblo? Solo había una persona que podía ayudarme. Mis pasos me llevaron de forma automática a la habitación de Nagore.

La encontré sentada frente a su escritorio, jugando a hacer algún tipo de truco de magia, haciendo levitar y rebotar una pelota de goma en el aire con un movimiento de sus dedos. Se sorprendió al verme y la dejó caer al suelo.

—¡Emma, hola! ¿Ya habéis vuelto? ¿Cómo ha ido? —Miró detrás de mí—. ¿Y los demás?

Mi expresión hizo que se temiera lo peor y se llevara las manos a la boca.

—Uria tiene a Teo y a Unax —respondí.

Se levantó de golpe, frustrada.

—¡Os lo advertí! ¡Os dije que era una mala idea!

Por mucha rabia que me diera, lo que decía Nagore era absolutamente cierto, pero también lo era que no teníamos tiempo para esto.

—Nagore, escúchame —la interrumpí. Estaba dando vueltas en círculo por su cuarto—. Necesito encontrarlos. Ada y yo escapamos y encontramos a su madre, pero...

—¡Su madre! —exclamó, sin dejarme terminar—. ¿Pero entonces está viva?

Asentí.

—Hemos estado con ella, pero Gaueko nos ha encontrado. Creo que nos había tendido una trampa. Las ha atrapado a las dos y al Basajaun... ha intentado defendernos, así que creo que lo ha capturado también. Por lo que he visto, me parece que están en una especie de fortaleza de niebla, no lo sé. He intentado atravesarla, pero era imposible, de alguna forma te anula la vista. Ah, y todo está rodeado de lobos.

En esta ocasión Nagore optó por dejar caer el peso de su cuerpo sobre la cama.

—Gaueko tiene al Basajaun —dijo en un hilo de voz.

Yo me llevé las manos a la frente, impaciente.

—Nagore, por favor, necesito encontrar a Teo y a Unax. Dijo que iba a encarcelarles.

Parpadeó despacio un par de veces, como aturdida, antes de negar con la cabeza.

—Todavía no habrá podido hacerlo. Primero tiene que llevarlos a un juicio junto al resto de los líderes, aunque te aseguro que van a tener poco que deliberar. ¿Visitar la isla del Exilio? El veredicto está claro, vaya.

—Y si no están encarcelados, ¿dónde están?

—Les tendrá retenidos en algún calabozo, supongo, probablemente en el mismo Ipurtargiak; hay varios subterráneos. Un momento —dijo, y me miró directamente a los ojos—. No estarás pensando en sacarles de allí.

Tardé en contestar.

—Nagore...

—¡Emma! —exclamó con la voz cargada de profunda indignación. Volvió a ponerse de pie de inmediato y me encaró—. ¿Es que no has aprendido nada? Si me hubierais escuchado la primera vez, ni siquiera estarían encerrados. ¿Qué es lo que quieres? ¿Que te encierren a ti también?

—¡Tenemos que sacar a Ada de allí!

—¡Ada no estaría en peligro si me hubierais escuchado! —me gritó—. Pensaba que eras más prudente que todo esto, pero habéis llegado demasiado lejos. ¡Han atrapado al Basajaun! ¿Tú eres consciente del enorme peligro en el que nos habéis puesto a todos?

Alcé los brazos, incapaz de mantener esa conversación ni un segundo más.

—Entiendo, no vas a ayudarme —dije simplemente—. Me voy de aquí. Está claro que no puedo contar contigo.

Me giré sobre mí misma sin mirar atrás y eché a correr por el pasillo. Sabía que Nagore tenía un millón de motivos para decirme todas esas cosas, pero en aquel momento todo cuanto me producía era una rabia incontenible y difícil de explicar. Era nuestra amiga. Y yo sabía que lo que le pedíamos era infinitamente más de lo que nadie tendría que hacer por un amigo, pero de alguna forma yo sentía que lo habría hecho sin pestañear.

Exploré todos los pasillos, tratando de buscar un camino que me llevase a los calabozos. A Nagore se le había escapado que eran subterráneos, así que claramente debía encontrar unas escaleras hacia abajo. Abrí varias puertas hasta que finalmente di con un pequeño pasadizo de piedra que, al doblar su esquina, conducía a unas escaleras.

Pero no pude avanzar mucho porque en la tercera zancada me di de bruces contra un chico que me resultó bastante familiar.

—Emma —dijo.

Tardé un par de segundos en reaccionar.

—¿Arkaitz?

Había sido mi compañero de brigada. Un Elemental

de fuego, bastante socarrón, que nos había acompañado a Unax y a mí en la búsqueda de criaturas en el Mundo de la Luz.

—¿Qué haces aquí? —preguntó.

—Lo siento, tengo bastante prisa... —Traté de sortearle, pero me cortó el paso—. ¡Eh!

—¿Tienes prisa por ir al vestuario de chicos?

Solo entonces me di cuenta de que llevaba una bolsa de deporte colgada del hombro y tenía el pelo mojado. La turbación inicial dio paso a la vergüenza.

—Claramente no —me excusé, notando cómo enrojecían mis mejillas—. Me he confundido.

—¿Y qué es lo que estás buscando?

Le observé con escepticismo. Arkaitz, probablemente, fuese la última persona a la que le confesaría lo que estaba a punto de hacer.

—No puedo contártelo. —Esperé que eso me librase de la conversación.

—¿Por qué no? —dijo, y yo resoplé. ¡Madre mía, era insistente!—. Yo creo que necesitas ayuda.

Respiré profundamente. En eso tenía razón.

—Es que, si te lo digo, o bien vas a pensar que te estoy tomando el pelo o vas a entrar en pánico y vas a querer ir a buscar a un adulto.

Mi comentario pareció ofenderle en lo más profundo de su ser.

Arrugó las cejas e hinchó mucho su pecho.

—Ponme a prueba —bramó.

Me lo pensé un instante.

No parecía la mejor idea del mundo, pero ¿sabes?, en el fondo tampoco tenía muchas más opciones. Solté todo el aire de mis pulmones y me rendí:

—Quiero sacar a Teo y a Unax de un calabozo. Les necesito para que me ayuden a salvar a mi prima.

No parpadeó ni se movió. Asimiló la información en silencio, mirándome fijamente, y al final dijo:

—Vale, sígueme.

Reconozco que su respuesta me pilló por sorpresa. Me quedé parada al tiempo que él se abría camino por el pasillo.

—¿Me lo dices en serio? —pregunté sin poder evitarlo.

Entonces se giró sobre sus talones para mirarme con una inesperada solemnidad.

—Me dijiste que era un cobarde —sentenció—. Y no lo soy.

Dicho esto, se dio la vuelta de nuevo y comenzó a andar a paso rápido. Yo le seguí con el ceño fruncido. ¿De verdad le había llamado cobarde? Ni siquiera recordaba haberlo hecho. ¿Habría sido en el momento en el que descubrió que el Inguma andaba suelto? Es cierto que se ofreció enseguida a volver a Gaua. ¡Le faltó tiempo para escabullirse del Mundo de la Luz!

En fin, fuera por lo que fuese, aparentemente mi crí-

tica le había marcado tanto que ahora quería enmendar sus errores y demostrar que me equivocaba.

Decidí que era mejor no confesarle que no recordaba lo que para él había sido tan importante. Al fin y al cabo, sus habilidades me iban a venir muy bien.

12

Teo

Era el fin.

Un calabozo, suelo de paja, la gotera mecánica golpeando los barrotes y la rata moviéndose en algún lugar de la habitación. Teníamos el pack completo y sí, yo ya había empezado a entender que no teníamos nada que hacer.

Hacía ya unas horas que Unax y yo nos habíamos limitado a quedarnos sentados contra la pared, viendo pasar los minutos y esperando a que en cualquier momento apareciese Uria y nos restregase la fecha de nuestro juicio con la barbilla bien alta. Dicen que hay varias fases, ¿no?, cuando sabes que has perdido algo importante: negación, ira, negociación... ¿cómo eran? Nunca me las supe. En cualquier caso, te lo prometo, yo ya estaba en modo aceptación. Tanto es así que, cuando comenzaron a sonar unos pasos rápidos por las escaleras, Unax y yo nos dedicamos una sonrisa resignada.

Por eso me sorprendió tanto cuando descubrí que la persona que entraba por la puerta ni era rubia ni tenía pinta de querer deshacerse de nosotros. Todo lo contrario. Era morena, alta e iba vestida con ropa deportiva absolutamente sucia por el barro. ¡Era Emma! Me froté los ojos para asegurarme de que las horas encerrado no me habían derretido el cerebro.

—¡¿Emma?! —exclamé, poniéndome de pie de un golpe. Solo entonces me fijé que venía acompañada de un chico.

—¿Arkaitz? —preguntó Unax.

Por las pintas de mi prima parecía que acabase de sobrevivir a un huracán. Aparte de la ropa destrozada, tenía el pelo más enmarañado que de costumbre y una herida superficial en la barbilla.

—Tenemos que irnos —dijo.

Sí, salir de allí, ¡no podía estar más de acuerdo! Estaba tan contento que, por un momento, no me di cuenta de que allí faltaba una persona. Por un momento.

—¿Dónde está Ada?

Emma parecía verdaderamente derrotada.

—La tiene Gaueko.

—¿Qué?

—A ella y a su madre.

—¡¿Qué?! —Si no hubiera estado aferrado a los barrotes de mi celda, estoy convencido de que me habría caído al suelo—. ¿Cómo que a su madre? ¡¿Cómo que Gaueko?!

—Y al Basajaun, en realidad. No me miréis así. ¡Es.... complicado de explicar! Lo encontramos en el bosque, corriendo en dirección norte, como dijo Ximun, y su madre salió a nuestro encuentro —trató de explicar Emma. Tenía la voz ahogada—. Pero Gaueko sabía que estábamos allí, nos había seguido, a saber desde cuándo lleva sabiendo que íbamos a ir, y ahora... ahora...

Unax sacó una mano a través de los barrotes y apretó el brazo de Emma.

—Tranquila, la ayudaremos —le dijo—. ¿Te fijaste en dónde la llevó?

—No lo sé, creo que sí, pero no estoy segura. Gaueko ha cubierto la zona de una especie de niebla oscura que es imposible de atravesar.

Un momento, ¿qué?

—¿Cómo que imposible de atravesar? —pregunté.

—Pierdes la visión.

Ah, pues genial. Así que, recapitulando, el dios de las Tinieblas tenía a mi prima, a su madre y al guardián del bosque, y las había encerrado en medio de una niebla mágica que te dejaba ciego. ¿Y nosotros exactamente qué es lo que íbamos a hacer? Porque no parecía que tuviéramos muchas oportunidades de salir vivos de esta.

Unax me fulminó con la mirada, como si me advirtiera que ni se me ocurriese expresar en voz alta ninguno de mis pensamientos. Después, volvió a dirigirse a Emma. Me fijé en que su voz se suavizaba cuando hablaba con ella, como si se hiciera más cálida de alguna forma, más reconfortante.

—Vamos a rescatarla, ¿vale?, todo va a salir bien —aseguró—. Pero primero tenéis que sacarnos de aquí.

Arkaitz miró a Emma como pidiéndole permiso y después dio un paso al frente hacia nosotros.

—Será mejor que os apartéis —nos dijo.

Obedecimos sin preguntar y nos echamos a un lado mientras él examinaba la cerradura de los barrotes. Nos miró a todos y asintió. Después, sostuvo el candado con ambas manos y fijó su vista en él, muy concentrado. Poco a poco, me fijé en que el candado, que temblaba entre sus dedos por el esfuerzo, se iba volviendo más y más rojo, como si hubiera sido arrojado a las brasas. ¡Debía de estar quemando! En cambio, la piel de Arkaitz no parecía alterarse en absoluto y, al cabo de unos segundos, el hierro comenzó a fundirse y derretirse por su palma.

La boca se me abrió sola.

¡Era flipante!

De un último tirón, Arkaitz retiró por completo el candado, que ya casi parecía una chocolatina cuando la dejas demasiado tiempo en el bolsillo, y lo dejó en el suelo, apartado de nosotros. Yo, impaciente, di una patada a los barrotes y la puerta se abrió. Tuve que contenerme para no gritar de la emoción.

¡Éramos libres! ¡Libres! Hasta Emma había recuperado un leve brillo de esperanza en su mirada.

Nos duró poco.

Nuevos pasos comenzaron a resonar desde el hueco de la escalera. Eran un montón. Tantos que casi parecía una estampida. Nos miramos entre nosotros, buscando absurdamente un sitio donde poder escondernos. Era inútil; en menos de diez segundos, nuestro amigo el carcelero aparecía encabezando el grupo de personas que, seguro, venían a llevarnos a juicio. Si antes teníamos pocas opciones de que nos considerasen inocentes, definitivamente ahora se habían esfumado todas. Ahí estábamos, en medio de la sala, con la celda abierta de par en par, el cerrojo derretido en el suelo y un par de amigos inesperados. A ver cómo les explicábamos esto.

Detrás del carcelero emergió un cuerpo bajito que reconocí al instante y perdí de golpe la escasa fe que me quedaba: era Nora. La siguiente en la fila era Ane, esbelta y preciosa como siempre, y les seguía, por supuesto, Uria.

Sentí que la risa floja se expandía por todo mi cuerpo.

¡Una reunión de líderes justo en este preciso momento! Perfecta para pillarnos a todos con las manos en la masa. Desde luego, no les iba a hacer falta pedir testigos.

Pero entonces, de pronto, se me congeló la sangre. Esa chica bajita que se escondía detrás de las brujas más importantes de Gaua era... ¡¿Nagore?! Miré a Emma, estupefacto, y no tardé en darme cuenta de que la indignación también se había apoderado de ella. Parecía a punto de arder en llamas.

¿De verdad nos había traicionado? Una parte de mí era incapaz de asimilarlo. ¡Era Nagore! Nuestra amiga. Ella jamás haría algo así.

¿Verdad?

—Nagore nos lo ha contado todo —sentenció Nora.

Vale, pues sí.

El silencio sepulcral del calabozo se rompió con estas palabras y un resoplido incrédulo de Emma. Nagore no abrió la boca y se limitó a quedarse ahí, con el cuerpo escondido detrás de su líder y la mirada fija en el suelo.

Nora tenía las mejillas encendidas. Dio un par de pasos hacia nosotros, muy lentamente, como si quisiera disfrutar de nuestro sufrimiento. Esperó unos instantes antes de comenzar a hablar:

—Habéis cruzado el portal sin la autorización de vuestros padres, ¡sabiendo además que Ada era un blanco fácil!, habéis irrumpido en la isla del Exilio y, para colmo, habéis expuesto al Basajaun, poniendo a todo el bosque en peligro. Creo que es la primera vez en mi vida de líder en que me encuentro con unos jóvenes que se saltan absolutamente todas las normas de la Ley de Gaua, una a una.

Tragué saliva.

—Conductas como la vuestra se castigan con el exilio —completó.

Como en otras ocasiones, Ane no dijo nada. No le hacía falta. Sus ojos de hielo daban tanto o incluso más miedo que las palabras enfurecidas de Nora. Aguardamos unos segundos en silencio. Nadie se atrevió a replicar nada, ni a suplicar clemencia, ni a tratar de explicar nada. Supongo que todos nosotros sabíamos que la habíamos liado en proporciones tan estratosféricas que no tenía sentido tratar de salvar la situación de ninguna manera.

La líder de los Sensitivos dejó de caminar justo cuando estaba a un palmo de distancia de mí. Aprovechó para mirarme de arriba abajo y negó con la cabeza. A sus ojos, no debía de parecerle más que un insecto molesto que podría aplastar fácilmente con una zapatilla.

Entonces, volvió a hablar:

—¿De verdad sois tan inconscientes que pensabais enfrentaros a Gaueko vosotros solos? Además de irresponsables sois bastante ingenuos. —Alzó la mirada al cielo como para intentar armarse de paciencia—. Ya hablaremos de las consecuencias de vuestros actos más adelante, pero de momento Nagore ha hecho bien en alertarnos de vuestras intenciones. Habría sido un suicidio. Vamos a necesitar de la cooperación de todos los brujos para el rescate.

Un momento, ¿pensaban ayudarnos?

Nora vio la expresión de mi cara y agitó la cabeza.

—¡Pues claro que vamos a ir a rescatarlos! Mari misericordiosa. ¡Que estamos hablando del Basajaun! ¡Que está en juego la paz del bosque! ¿Para qué demonios os pensáis que estamos los líderes? —Puso los ojos en blanco y señaló los restos del candado—. De hecho, habéis destruido el mobiliario del Ipurtargiak de manera innecesaria porque veníamos precisamente a sacaros de aquí. Hoy necesitamos a todo el mundo.

Abrí y cerré la boca muy rápido, con confusión, pero no pude evitar fijarme en la expresión de Uria. Me di cuenta de que tensaba la mandíbula y contenía la respiración. No parecía del todo contenta con la decisión de liberarnos.

¿Puedes imaginarte el esfuerzo sobrehumano que me supuso no ir hacia ella y sonreír con la mayor de las satisfacciones? No lo hice porque, en fin, supongo que valoro mi vida.

—En marcha —sentenció Nora ante nuestro silencio—. Hemos convocado a todos los brujos del valle. Mucho me temo que nos espera una batalla sin precedentes.

Y así, sin añadir nada más, se dio la vuelta y comenzó a subir las escaleras, seguida de muy cerca por Ane y Uria, que evitó nuestra mirada a toda costa. Nagore se quedó donde estaba, dedicándonos una mirada vidriosa e insegura. Pero antes de que pudiera decir nada, Emma se acercó a ella y le dio un abrazo.

Si conocieras a Emma como yo, aquel abrazo te habría dejado de piedra. Por lo general, no es demasiado aficionada al contacto físico, así que era bastante chocante presenciar un gesto de cariño por su parte.

—Lo siento, solo quería... —trató de decir Nagore, enterrada en su cuello. Había empezado a llorar y ya no había manera de frenarla.

—No te disculpes, Nagore —dijo Emma—. Querías hacer las cosas bien y, probablemente, nos has salvado la vida. Tenías razón.

Se separaron. Nagore sonrió, se sorbió la nariz y añadió:

—Como siempre.

Ahora sí, yo puse los ojos en blanco y le di un golpecito con el puño en el hombro.

—Tampoco te flipes —le dije.

Pero, en fin. ¿A quién pretendía engañar? Nagore siempre llevaba la razón.

13

Ada

Por algún motivo mis ojos se acostumbraron a la oscuridad.

Me pregunté si a todos les pasaría lo mismo, si era una especie de truco que perdería eficacia..., pero en el fondo sospechaba que eso era algo que solo me pasaría a mí. A mí y a mi madre, que teníamos la sangre de las tinieblas corriendo por nuestras venas.

Ese pensamiento me revolvió el estómago.

Parpadeé un par de veces y miré a mi alrededor tratando de averiguar dónde estaba. Tenía las manos y los pies atados, sujetos por las ramas de un árbol. Aunque ¿era un árbol? Su forma desde luego lo era, pero las ramas que me sostenían eran negras como la noche y de algún modo parecían formar parte de aquella fortaleza, como si todo cuanto nos rodeara estuviera hecho del material de las tinieblas. Los suelos, las paredes, el techo abovedado como si se tratara de un castillo deshabitado.

¿Dónde estábamos?

¿Había creado de la nada este lugar?

Lo intenté, pero no podía moverme. Aquellas ramas eran fuertes como esposas de metal, y parecían asfixiar aún más mis extremidades si notaban mi resistencia. Sentí un profundo alivio al encontrar a mi madre a mi izquierda. Estaba también maniatada, pero no parecía herida y me miraba tratando de transmitirme tranquilidad. Una de las hojas de aquel árbol fantasma le cubría la boca. Solo entonces me di cuenta de que a mí también.

Frente a nosotras, en el otro extremo de la sala, el Basajaun estaba derrotado. En algún momento Gaueko había conseguido reducirle y, pese a sus enormes proporciones, las ramas negras le impedían cualquier tipo de movimiento.

Traté de no dejarme llevar por el pánico. Tenía que analizar la situación. Tenía que haber alguna forma de escapar, ¿no? Emma no estaba con nosotros. Lo había conseguido y habría ido a buscar ayuda.

No estaba todo perdido.

Todavía no.

No podía perder la esperanza.

—Buenas noches.

La voz de Gaueko irrumpió de la nada y se repartió en eco por las paredes del castillo. Su abrigo negro se deslizaba por la estancia y la impregnaba de un frío imposible de describir con palabras.

—Por favor, disculpad el ambiente —dijo mirando a su alrededor. Parecía divertirse—. Un poco lúgubre para nuestra primera reunión familiar, ya lo sé, pero ¿qué puedo decir? Me he dejado llevar por el entusiasmo.

La ira me subía por la garganta. Quise gritar. Quise decirle que no éramos su familia, pero la hoja no solo cubría mi boca, sino que inhibía mis cuerdas vocales, por lo que ni siquiera podía emitir un mísero gruñido de repulsión.

—¿Te gustó el cuento, Ada? Todo un truco, ¿eh? —dijo—. Quizá podría haber pulido un poco el estilo, pero en general estoy bastante orgulloso. Puedes sentirte bastante especial, no con todos derrocho tanta creatividad.

Sus palabras se clavaron, una a una, entre mis costillas. Me sentía la persona más estúpida sobre la faz de la tierra. Emma y Teo tenían razón. ¡Había sido una trampa! Y yo había caído como una tonta.

—Es curioso —volvió a hablar al cabo de un rato—. Ese grupo de Empáticos rebeldes que primero te trajo a mí... estaban obsesionados con que rompieras el portal. Y habrías podido hacerlo, de eso no me cabe ninguna duda. Yo mismo creí que ese era el camino, pero pronto comprendí que eso era absurdo. ¿Y sabes por qué lo es, pequeña Ada? Porque, por mucho que tú destruyeras el portal, Mari podría volver a crearlo con apenas un toquecito de su bastón. Habríamos estado así, destruyendo y creando, destruyendo y creando, durante siglos. Y, aun para un reconocido amante del caos como yo, eso habría sido una pérdida absurda de tiempo.

Negó con la cabeza.

—No, la guerra no es contra el portal. No es más que un trozo de piedra. Un artificio. Un truco, no mucho más complejo que esta fortaleza que he creado para la ocasión. Es efectista, sí, e implacable para una criatura tan inofensiva como los brujos, pero para nosotros... basta el chasquido de unos dedos. Por eso no os he traído aquí para que rompáis el pozo.

Le sostuve la mirada con los ojos muy abiertos, sin comprender absolutamente nada. Me pareció que Gaueko esbozaba algo parecido a una sonrisa.

—Estáis aquí para ayudarme a derrotar a Mari.

Sentí que mi corazón dejaba de latir. ¡¿Se había vuelto loco?! ¿Derrotar a Mari? Eso era una locura. No solo implicaba poner en peligro a absolutamente todo nuestro mundo y a todas sus criaturas, sino que encima... era imposible. ¿Cómo íbamos nosotras a derrotar a la diosa de dioses, a la madre de todas las cosas, al ser más poderoso que existía sobre la faz de la tierra?

Gaueko volvió a hablar:

—Sí, ya lo sé, ya lo sé... Sé lo que estáis pensando: ¿pero cómo voy yo a derrotar a Mari, si no soy más que una triste mortal? —Soltó una carcajada. Fuera como fuese, parecía encantado con su descubrimiento—. Es bastante divertido, en realidad. Veréis: Mari es todopoderosa, invencible, no tiene rival... sí, todo eso lo sabemos. Pero solo hay un enemigo al que no puede vencer.

Ese era él, claro. No era difícil de adivinar. Con todos los problemas que le había dado a lo largo de la historia, estaba claro que, si hubiera podido acabar con él, no habría tenido que tomarse la molestia de crear un portal y encerrarle como castigo. Sencillamente, se lo habría quitado de en medio.

—Mari no puede matarme —explicó—. Llamadlo justicia, llamadlo... no sé, una suerte de orden cósmico o de equilibrio de la naturaleza. Nuestros poderes son absolutamente complementarios, así que generan inmunidad. Es inútil, es como intentar atacar al viento. Yo no puedo tocarla y ella no puede tocarme.

¿Adónde quería llegar con todo aquello?

—En definitiva, para que lo entendáis: solo la sangre de Mari podría llegar a verter su propia sangre, pero al mismo tiempo ningún hijo suyo tiene un poder suficiente ni como para poder provocarle un ridículo arañazo. Solo un poder a su altura podría matarla. Así que aquí está el dilema. Mari, a todas luces, parece indestructible.

Alzó un dedo.

—A no ser... —Hizo una leve pausa, disfrutando del momento, y nos miró alternativamente a las dos— que hubiera una criaturita en alguna parte que tuviera la sangre de ambos dioses. Y mirad qué suerte la mía: aquí tenemos dos.

Se frotó las manos. Parecía un científico desquiciado exponiendo las conclusiones de su último experimento. Solo que su experimento tenía que ver con nosotras y daba mucho mucho miedo.

—Vuestra existencia es exactamente la pieza del puzle que me faltaba. Todo este tiempo devanándome los sesos y resulta que el único instrumento que necesito para derrocarla sois vosotras.

Era absurdo.

—Estáis muy calladas. —Con un chasquido de dedos, la sujeción de mi boca se desvaneció. La de mi madre, en cambio, permanecía intacta, al igual que su ceño fruncido. Supuse que no le interesaba demasiado que escuchara su opinión. ¿Y por qué sí la mía?—. Dudas, preguntas, soy todo oídos.

Estaba claro: me consideraba el blanco más débil.

Y lo era.

Mi madre me llevaba años de ventaja. Ella sabía el alcance de nuestros poderes, y conocía a Gaueko lo suficiente como para saber qué es lo que podría hacer con ellos. Si pudiera hablar, probablemente, me advertiría de ello. Pero se limitaba a mirarme horrorizada.

Traté de pensar.

—Es absurdo —dije—. ¿Necesitas que yo mate a Mari?

Rio como si, efectivamente, acabase de decir algo ridículo.

—No, por supuesto que no. Tú sola no tienes el poder suficiente como para enfrentarte a un dios, no seas ingenua. Además, llevo fantaseando con este momento desde que tengo uso de razón. Seré yo. Solo necesito algo de ti.

Se acercó a mí y sus manos me acariciaron la mejilla. Eran unas manos gélidas. Sentí la piel contraerse en un escalofrío.

¿Algo de mí? ¿Cómo que algo de mí? La manera en la que me miró la piel hizo que lo comprendiera. Necesitaba algo que contuviera mi magia. Necesitaba nuestra sangre.

De golpe, me quedé sin respiración.

Se llevó una mano al abrigo y de allí sacó un colgante con un grabado que parecía una especie de runa antigua. Era afilado, como un puñal de piedra. ¿Allí era donde quería nuestra sangre para poder atacar con ella a Mari? No lo entendía.

—Si es tan sencillo, ¿por qué no lo haces ya? —dije—. ¿Por qué no me clavas ese puñal y recoges la sangre tú mismo?

Alzó las cejas y sonrió en una mueca cargada de ironía.

—¿Cómo no se me habría ocurrido? Y yo aquí, contándote mi vida civilizadamente. Con lo rápido que sería hacerte un cortecito, ¿no es cierto? —dijo—. Lamentablemente la magia no funciona así. Nunca veréis un hechizo efectuado en contra de la voluntad de su portador.

¿Por qué te crees que esos Empáticos trataron de convencerte para que rompieras el pozo?

Arrugué el ceño. Ximun me había dicho que mi sangre era todo cuanto necesitaba para romper el portal. Tenía sus palabras grabadas en mi memoria: «podemos hacerlo por las malas: la magia fluye por tu sangre, sepas o no utilizarla». Me pareció que mi expresión hacía reír al dios de las Tinieblas.

—Trató de engañarte, ¿verdad? Por favor, Ada, si fuera tan fácil como verter una gota de tu sangre o poner tus manos sobre la piedra, no habrían malgastado su tiempo dando argumentos a una niña de ocho años. Te habría hecho un corte y ya está.—Respiró profundamente—. Pero no les habría servido de nada. La magia no puede robarse. Debe ser entregada.

Sonreí con una autosuficiencia inesperada.

—Entonces no tienes nada que hacer —dije—. Jamás te la daré.

Pero Gaueko me miró como si por un instante sintiera lástima por mí.

—Ah, pequeña. En eso te equivocas. —Echó una leve ojeada a mi madre y yo sentí cómo se tensaban todos los músculos de mi cuerpo—. Vas a querer dármela, créeme.

Quise gritar, proferir alguna amenaza o insulto, por absurdo que fuera. Pero antes de que pudiera hacer o decir nada más, la hoja volvió a cubrir mis labios y me silenció por completo. Gaueko sonrió y se apartó de nosotras, caminando de nuevo hasta el centro de la habitación. Entonces se detuvo junto al Basajaun, como si acabase de reparar en su presencia después de mucho tiempo.

—¿Sabéis? Os reconozco que esto ha sido una improvisación. En ningún momento pensé en tener que secuestrar al Basajaun, pero... ha sido un feliz accidente. —Se encogió de hombros y después le miró a él directamente—. Al fin y al cabo, esta criatura lleva toda su vida frustrando mis planes. Hace muchos muchos años evitó que capturase al Sol y avisó a Mari. Después os ayudó a esconderos de mí. ¡En fin! Disfrutaré destruyéndolo.

Gaueko alzó una mano e inmediatamente las ramas de aquel árbol comenzaron a multiplicarse sobre el fornido cuerpo del Basajaun, oprimiéndole más y más hasta que consiguieron que cayera sobre sus rodillas. Según lo hizo, sentí un temblor apoderarse de la tierra que había bajo mis pies, como si algo muy profundo acabase de agrietarse y nos hiciera perder el equilibrio.

El Basajaun cerraba los ojos en el suelo. ¡Parecía inconsciente!

Gaueko había formado una pequeña ventana en medio de la pared de tinieblas y miró a través de ella. En aquel momento yo estaba demasiado lejos como para poder ver nada, así que no pude divisar cómo, al otro lado de nuestra fortaleza, las criaturas empezaban a enfurecerse y se revolvían, violentas, buscando un nuevo enemigo. Gentiles, lamias, lobos, galtxagorris y hasta el Inguma.

Con el Guardián del Bosque doblegado e inconsciente, el caos gobernaba en el valle.

Pero yo no vi nada.

Así que no entendí por qué Gaueko reía.

14

Emma

Habían repartido armaduras entre todos los brujos. Mayores y pequeños, Empáticos, Sensitivos o Elementales, todos y cada uno de nosotros habíamos recibido un traje a medida, confeccionado mágicamente con un hilo de hielo tejido por la mismísima Ane. Cuando nos los entregaron, todos se veían iguales, pero en el momento en que me lo puse por encima de la ropa me di cuenta de que se adaptaba perfectamente a la forma de mi cuerpo. El material parecía extraordinariamente resistente y, contra todo pronóstico, apenas daba un poquito de frío al tacto. En el centro del pecho, había bordado un enorme eguzkilore. La flor, la misma que tenía en mi catalizador, tenía un corazón dorado y sus hojas fuertes y espinosas se desplegaban a su alrededor, dándole un aspecto fuerte y temible. La Amona nos había contado muchas veces que los vecinos la colocaban en las puertas de sus casas para protegerse de los peligros de la oscuridad.

Ahora la llevábamos nosotros para enfrentarnos a ella.

Ni siquiera en mis peores pesadillas habría imaginado que me vería involucrada en una batalla, pero solo había que ver la mirada de los líderes para comprender que la situación había llegado demasiado lejos y ya no había vuelta atrás. Gaueko había cruzado una línea que todos confiaban en que no atravesaría jamás y no nos dejaba en otra opción que responder. A mi alrededor veía expresiones de rabia y miedo, pero no había dudas.

Nora se movía autoritaria entre la multitud, dando órdenes y estableciendo posiciones como si llevase preparándose para este momento toda la vida. Los mayores de diecisiete años lucharían en las primeras líneas, detrás, los mayores de trece serviríamos de apoyo. Los menores de trece años esperarían en la retaguardia, limitándose a ofrecer primeros auxilios si es que había algún herido.

—¡Me parece injusto! —se quejó Teo—. ¡Yo quiero luchar!

—Nadie quiere luchar —le reprendió Nora, y apretó los labios—. Iremos hasta allí y le haremos entrar en razón. Si todo sale tal y como lo hemos planeado, ni una sola gota de sangre se verterá esta noche.

Pero algo en la mirada de Nora me decía que no era lo que pensaba de verdad. Que, más bien, era algo que deseaba creer con todas sus fuerzas. Y, además, ¿toda esa armadura? Me parecía un follón innecesario si de verdad nuestra intención era ir a tener una charla civilizada con

Gaueko. No, Nora debía saber algo más, debía intuir que estaba a punto de pasar algo bastante gordo.

Formamos filas, divididos en varios grupos por franjas de edad, y tuve que dejar atrás a Teo y a Nagore. Un Elemental de último curso repartió entre algunos de nosotros unas antorchas que, según nos explicó, no se apagarían por muy rápido que nos moviésemos. La imagen era verdaderamente estremecedora. Mirase donde mirase, veía brujos caminando a paso firme, con el eguzkilore en su pecho, brillando por la luz de cientos de antorchas en medio de un bosque sumido en la oscuridad. Me pareció que mandaba un mensaje muy claro al dios de las Tinieblas: estábamos aquí. Estábamos unidos. Y no nos íbamos a dejar amedrentar.

Dentro de mi grupo, advertí que habían combinado a brujos de distintos linajes. Casi no conocía a nadie, pero me sonaba alguna cara de cuando impartí clases en el Ipurtargiak. Claro que de aquello hacía algo más de un año y no era capaz de recordar ningún nombre ni anécdota que hiciera que me resultasen familiares, y en aquel momento, más que nunca, sentía que necesitaba una mirada amiga, alguien que me hiciera sentir un poco acompañada en medio de toda esa gente.

Como si me hubiera escuchado, encontré los ojos de Arkaitz un par de filas por delante de mí, sosteniendo su antorcha. Me sonrió y asintió con la cabeza como mandándome fuerzas, y yo le devolví el gesto. En cambio, por mucho que busqué, no conseguí dar con Unax por ningún lado. Le busqué con la mirada entre toda la gente mientras seguíamos caminando en la oscuridad, tratando de no parecer demasiado desesperada.

Y entonces la multitud se detuvo de golpe. Nos miramos entre todos, confusos, sin comprender el motivo y suponiendo que sería por algo que había sucedido en la primera línea, por lo que se sucedieron los murmullos.

—¡Shh! ¡Callad! —gritó una voz femenina. Alcé la mirada hacia ella, situada unas cuantas filas por delante de mí. Era Uria. Obedecimos a medias, pero fue lo suficiente para que pudiéramos escuchar lo que parecía una estampida viniendo hacia nosotros. Vi en la mirada de Uria el destello del terror unos instantes antes de que alzase su antorcha al cielo—. ¡¡¡Nos atacan!!!

Había cientos de lobos como los que había visto antes, lo cual me hizo pensar que no estábamos lejos de la fortaleza de tinieblas donde Gaueko tenía a mi prima. Las bestias se acercaban en nuestra dirección a toda velocidad, exhibiendo sus colmillos hambrientos. Los brujos comenzaron a dispersarse, preparándose para atacar.

Pero había algo que no había previsto. De entre el horizonte comenzaron a emerger otro tipo de criaturas que también corrían hacia nosotros, con la misma mirada inyectada en sangre y euforia. Mientras se desataba el caos, distinguí alguna lamia trotando sobre sus patas de cabra, decenas de galtxagorris corriendo sin orden ni concierto...

Me tensé y mi mano se dirigió a mi catalizador en un gesto prácticamente inconsciente. A mi izquierda, una joven Elemental lanzaba bolas de hielo contra un galtxagorri que parecía muy decidido a atacarla, y a mi derecha otros dos brujos buscaban instrucciones de Uria con la mirada.

No eran criaturas a las que nos enfrentásemos habitualmente. Había unas normas en Gaua, nos lo había dicho Nagore, y no hacer daño a ningún habitante era una de las más fundamentales.

Desde lo alto de una roca, Uria miraba a su alrededor, desbordada por la magnitud del desastre que sucedía en todas las direcciones. Su antorcha dejaba ver el sudor de su frente y el desconcierto en sus ojos. Respiraba agitadamente y no hacía falta ser muy listo para darse cuenta de que no tenía ni idea de qué es lo que debía hacer a continuación.

—¡Atacad! —gritó al fin—. ¡Empáticos, poneos a cubierto! ¡Seguid mis órdenes!

Fruncí el ceño. ¿Que atacásemos? ¿Y de verdad estaba poniendo a cubierto a su propio linaje y dejándonos a los demás enfrentarnos a las criaturas en inferioridad de número? Pero no tuve mucho tiempo para procesar lo que acababa de pasar porque de inmediato sentí retumbar la tierra y me giré justo a tiempo para ver a un enorme gentil con un mazo en la mano a punto de impactar contra mi cabeza.

Me agaché lo suficientemente rápido para evitar el golpe, pero caí de rodillas y tuve que esquivar su siguiente intento dando una voltereta. Traté de buscar ayuda a mi alrededor, pero todos estaban ocupados luchando contra otras criaturas furiosas, y muchos de los Empáticos se habían replegado para atacar desde la distancia siguiendo las instrucciones de Uria. A primera vista, no tenía demasiadas opciones. ¡¿Pero cómo iba a defenderme yo sola de una cosa así?!

El gentil me miró desde las alturas, preparándose para atizarme un tercer golpe, y la pequeña parte de mi cerebro que no se había dejado llevar por el pánico comprendió lo que debía hacer. Cerré fuertemente los ojos un instante, me concentré y sentí un tirón en las entrañas. Después eché a correr.

—¡Empáticos, a mis órdenes! ¡Atacad! —gritó entonces Uria, y yo abrí los ojos.

Detrás de mí había dejado al gentil confuso y mirando a sus lados.

Yo me había vuelto invisible.

Me moví por entre la gente, esquivando con horror escenas que me habría gustado no haber visto nunca. Criaturas que hasta entonces habían vivido en paz, ahora se miraban con los ojos inyectados en un odio animal. Nada tenía sentido. Ni siquiera había llegado a ver con anterioridad a algunos de esos seres. Algunos eran unos pequeños duendes, más pequeños todavía que los galtxagorris, y se aferraban a los pies de los brujos haciéndoles perder el equilibrio. Al menos, a mí nadie podía verme.

Yo solo quería avanzar hacia la vanguardia de la batalla, donde se encontraría el primer grupo. Necesitaba estar allí y comprobar si estaban logrando atravesar la frontera de tinieblas. Cada minuto que pasaba era un minuto más que Ada estaba en las manos de Gaueko, y la sensación era tan angustiosa que se hacía imposible de soportar.

Los Sensitivos adultos se habían dispersado por el bosque y esperaban con los catalizadores preparados. Muchos habían tomado posiciones entre los árboles mientras un grupo de galtxagorris trotaba de acá para allá con unas sonrisas que de repente resultaban aterradoras. Entonces encontré a Nora. Dos hombres hablaban con ella, abatidos, y me acerqué para escuchar la conversación sin miedo a ser descubierta.

—Es inútil, Nora. La niebla anula poco a poco tus sentidos.

—Primero es la vista —añadió el segundo—, pero si avanzas un par de pasos más pierdes también el oído, el tacto... ¡todo! Pierdes la noción del espacio por completo. ¡Es imposible moverse ahí dentro!

—Necesitamos a los Empáticos —intervino de nuevo el primer chico ante la mirada callada de Nora—. Serán los únicos que puedan orientarse y encontrar a los secuestrados, ¡para nosotros es un suicidio!

Nora agitó la cabeza.

—Avisad a Uria, deprisa.

—¡Pero Nora! Uria está... fuera de control. Ha ordenado atacar a las criaturas. ¡No atiende a razones!

—¡Uria es la líder de los Empáticos, y será ella quien dicte las órdenes a su linaje! Nosotros no vamos a cuestionarlo. ¡Encontradla, deprisa! —sentenció, y los brujos se perdieron en el bosque. Una vez sola, Nora se cruzó de brazos, respiró profundamente y miró preocupada a la multitud—. Que Mari nos asista.

Sus palabras hicieron de todo menos tranquilizarme, pero no pude quedarme quieta y decidí echar a correr en dirección a las tinieblas. A mi alrededor, el caos y las antorchas hacían un contraste perfecto con la nada infinita que se desplegaba en frente de mí. Lo había intentado una vez y ya sabía lo que me esperaba. Oscuridad y aturdimiento. Vacío. Aquellos brujos tenían razón. Era imposible entrar y moverse por allí. Gaueko me identificaría y yo ni siquiera sería capaz de ver ni oír nada, así que me convertiría inmediatamente en una rehén más y no habría servido para nada. ¡Pero tenía que haber otra forma de entrar! Exploré los alrededores en busca de algo, de una pequeña grieta que pudiera permitirme entrar sin enfrentarme al efecto de la niebla.

Pero entonces, a unos cuantos metros detrás de mí,

escuché un forcejeo y el inconfundible chillido de una lamia.

Mi corazón se paró cuando me di cuenta de que el chico que peleaba contra ella era Unax. La lamia lo tenía acorralado y no parecían precisamente en igualdad de condiciones. Ella sostenía en sus manos una piedra de grandes dimensiones, solo un poco más pequeña que las que habitualmente llevaban los gentiles, y sus garras parecían más afiladas que nunca a la luz de la luna. Unax, en cambio, daba pasos hacia atrás, cada vez más alejado del resto de la batalla.

Me acerqué corriendo.

¿Por qué no hacía nada? ¡Esa lamia le iba a hacer puré!

De pronto sus ojos salvaron nuestra distancia y se clavaron en los míos con tanta precisión que por un momento pensé que había dejado de ser invisible. Lo comprobé, pero mi don permanecía intacto.

¿Entonces, cómo...?

De repente, lo comprendí: podía escuchar mis pensamientos. ¡Jamás pensé que me alegraría tanto de que lo hiciese! Con un casi imperceptible gesto de la cabeza, Unax me indicó que me acercase y lo hice muy despacio.

—Mira, no quiero hacerte daño... —le decía a la lamia, girándose lentamente, asegurándose de que la criatura quedase en medio de los dos—. De verdad que no.

Escuché su voz en mi cabeza.

«A la de tres, agárrala por la espalda.»

Asentí, aunque inmediatamente me di cuenta de que no tenía sentido. Unax podía escucharme, pero no verme. «De acuerdo», pensé, y me coloqué detrás de ella, preparada.

«Una... dos... ¡tres!»

Me abalancé contra ella con todas mis fuerzas y la agarré sujetándole los brazos. La piedra salió despedida lejos de nosotras. La lamia estaba aturdida y miraba a su alrededor sin comprender nada mientras mi presencia invisible la inmovilizaba. Sin embargo, hacer frente a la enorme fuerza de sus brazos y mantener mi poder era demasiado esfuerzo para mí y, poco a poco, fui notando como mis pies recuperaban su consistencia habitual, y después mis manos, mis brazos y... mis piernas. En el momento en que la lamia dio con ellas, comenzó a atacarlas con sus afiladas garras y por un momento creí que iba a conseguir que la soltase. Proferí un alarido de dolor.

—¿¡De verdad crees que puedes ganarme a fuerza en las piernas?! ¡A mí! ¡Llevan toda la vida metiéndose conmigo por ellas! —grité, y en un movimiento enérgico conseguí librarme de ella de una patada que la tumbó en el suelo.

Me llevé una mano al costado, tratando de recuperar la respiración.

—¿Estás bien? —me gritó Unax, aunque corriendo hacia la lamia.

—Sí —dije. Pero lo cierto era que mi cuerpo había

vuelto por completo a la normalidad. Estaba agotada, demasiado como para poder mantener el efecto por más tiempo.

Rápidamente, Unax sacó una cuerda de sus bolsillos y comenzó a atar a la lamia contra el árbol mientras ella entreabría los ojos, demasiado desorientada como para oponer resistencia. Entonces me di cuenta de que era cierto que no pretendía hacerle daño, ni a ella ni a ninguna otra de las criaturas contra las que estábamos peleando en el bosque. Solo quería inmovilizarlas para asegurarse de que no podían hacernos daño.

Después de asegurar los nudos, Unax vino hacia mí y pasó sus ojos preocupados por todo mi cuerpo, deteniéndose en las piernas.

—No estás bien —me reprendió—. Estás herida.

—Estoy bien. Solo son un par de arañazos.

Agitó la cabeza, resignado. De pronto pareció recordar algo y se llevó una mano a la cabeza.

—Sabes hacerte invisible —dijo en un hilo de voz con los ojos muy abiertos—. Flipo contigo.

—No sé si acabo de dominarlo del todo. Ya ves que, al final...

—Es impresionante —decidió, sin dejarme terminar. Su mirada reflejaba los destellos de la batalla que se libraba detrás de nosotros—. Gracias. Una vez más. Empiezo a deberte unas cuantas.

Sonreí levemente, pero me duró poco. La frontera de

tinieblas seguía allí, infranqueable, y la imagen de Ada en manos de ese monstruo se me clavó en el estómago.

—¿Qué hacemos? —dije—. No podemos atravesar la niebla.

Apretó la mandíbula antes de responder.

—Nosotros sí.

—Pero Uria...

—Yo me ocupo —sentenció con firmeza.

Me alarmé.

—¿Qué vas a hacer? —le pregunté, pero Unax me adelantó y empezó a mezclarse entre la multitud sin darme explicaciones.

—Trata de buscar cobijo. No te enfrentes a las criaturas, me da igual lo que os estén diciendo. Busca un sitio donde esconderte hasta que puedas volverte invisible —me indicó, alejándose—. ¿De acuerdo?

No esperó a que le respondiera.

Dejé escapar el aire en un suspiro. Si Unax me conocía lo más mínimo, sabía que no podía prometerle que no fuera a meterme en líos.

Me zambullí de nuevo entre la gente. Buscar cobijo no era tan fácil ni me parecía lo justo con todo lo que estaba pasando a mi alrededor, así que me dediqué a sortear galtxagorris y grupos de brujos que gritaban instrucciones, a menudo contradictorias, mientras una lamia prendía flechas en una de nuestras antorchas y sembraba el pánico entre la gente. Los lobos parecían emerger del suelo y multiplicarse. Las lamias gritaban con tal fuerza que creí que iban a estallarme los tímpanos.

Me estremecí. No sabía mucho de batallas ni de estrategia militar, pero lo que veía me parecía que tenía muy mala pinta.

—¡Emma!

Me giré de golpe y vi a Teo.

—¡Teo! —exclamé, pero mi primera reacción de alivio se esfumó enseguida—. ¡¿Qué demonios estás haciendo aquí?! ¡Se supone que tendrías que estar en la retaguardia!

—¡Y tú unos cuantos metros detrás y aquí estás, en primera fila!

Bien visto.

No me quedó otro remedio que morderme la lengua, aunque seguía pareciéndome la peor idea del mundo y tenía muchas ganas de echarle una bronca tremenda.

—Es Ada —insistió—. No podía quedarme atrás.

Lo peor de todo es que le comprendía perfectamente. Suspiré, vencida.

—Ya lo sé. —Le apreté el hombro.

Pero no estábamos seguros allí. Un nuevo gentil, ¿tal vez el mismo que había intentado atacarme antes?, ¡era incapaz de diferenciarlos!, se dirigía hacia nosotros dispuesto a hacernos picadillo. Corriendo más deprisa que en toda mi vida, agarré la armadura de Teo y le arrastré por el bosque, tratando de huir del gigante. Pero cada una de sus zancadas equivalían por lo menos a tres de las nuestras y nos alcanzó sin apenas hacer esfuerzo. Esta vez consiguió darme a la primera y me estrellé contra un árbol.

—¡Emma! —chilló Teo, horrorizado.

Me puse de pie penosamente, todavía mareada por el golpe. No parecía que me hubiera roto nada, pero el gentil volvía a la carga sin darme tiempo a reponerme del todo. Me llevé la mano al eguzkilore y conseguí invocar un escudo que me liberó de buena parte del impacto del segundo golpe. Sin embargo, no lo bloqueó por completo y caí de nuevo de espaldas. Notaba el sabor de la sangre en la boca.

Estaba demasiado agotada por haber mantenido la invisibilidad tanto rato. Sentía mi poder tan débil como mi cuerpo y no creía que pudiera resistir mucho más.

Con los ojos entrecerrados por el esfuerzo, distinguí a Teo llevándose la flauta a la boca. La melodía elevó al gentil por los aires durante unos segundos, los suficientes como para que yo pudiera arrastrarme por el suelo y alejarme un poco de su órbita. Sin embargo, aun desde las alturas consiguió arrearle un manotazo a Teo, que cayó al suelo justo encima de su flauta.

A mí me costaba mantener los ojos abiertos.

—¡Mi flauta! —gritaba Teo sujetando dos pedazos entre sus manos. Había vuelto a romperse por el mismo sitio que la última vez. El gentil echó la cabeza hacia atrás y estalló en una carcajada.

Yo quise hacer algo, ayudarle de alguna manera, pero los pies me pesaban como si fueran de plomo y notaba como el sueño se iba apoderando poco a poco de mí.

Lo último que vi antes de perder el conocimiento fue a dos niñas pequeñas tirar de mis hombros y sacarme de allí. Miré primero a una y después a la otra. Eran completamente iguales entre sí.

Juraría... juraría haberlas visto antes.

Cerré los ojos.

15

Teo

De no haber sido porque había un gentil enorme a punto de hacerme picadillo, creo que me habría tirado al suelo de rodillas y habría empezado a gritar. ¡Mi flauta! ¡Volvía a estar rota, exactamente por el mismo sitio donde se había roto la primera vez!

No había duda, tenía que ser por la maldición de Mari. ¡Desde que había salido de la cueva no habían parado de pasar cosas horribles! No hacía falta ser muy listo para darse cuenta de que me había echado un mal de ojo o algo así, y ahora los próximos años de mi vida viviría condenado a una eterna mala suerte.

Pero no tenía tiempo para lamentaciones. No delante de un gentil que levantaba el mazo con la mirada inundada de odio.

Así que saqué valor de alguna parte y me metí los trozos de flauta en los bolsillos con rapidez. Traté de levantarme y empezar a correr, pero cada zancada del gigante hacía que temblara la tierra y eso me hizo perder el equilibrio. Ni siquiera sé cómo logré esquivar el golpe. El mazo impactó contra el suelo a escasos centímetros de mi cara. En esos escasos segundos en los que el gentil forcejeó para sacarlo del barro, yo traté de alejarme como podía, reptando por el suelo, y mis manos se aferraron a las raíces del árbol más cercano buscando darme impulso para ponerme de pie.

Pero ocurrió algo distinto.

El contacto de las yemas de mis dedos con la madera del árbol provocó que algo se moviera debajo de la piel. Lo sentí expandirse por mi cuerpo como si se tratase de un rayo, y cerré los ojos para controlar su sacudida. Lo primero que vi cuando los abrí fue al gentil flotando a unos centímetros del suelo.

Parpadeé atónito. ¿Eso lo había hecho yo? Me miré los dedos, todavía aferrados al árbol. Una suave melodía emanaba de la madera y el gentil parecía bailar torpemente en el aire, como si fuera una marioneta. ¡Era increíble! Probé a mover un par de dedos, tamborileando sobre la raíz, y eso hizo volar al gentil y lo lanzó muy lejos de mí.

—¡Qué pasada!

Me giré. Arkaitz me miraba con los ojos como platos y alucinaba. Me tendió la mano para ayudarme a ponerme de pie. La acepté. Tenía las manos adormecidas.

—No sé si sabría repetirlo —reconocí.

—¿Y tu catalizador?

Le enseñé los pedazos y sentí el dolor en su expresión, como si acabase de enseñarle una herida abierta muy fea.

—Será mejor que te saque de aquí. No deberías estar en esta zona de todas formas.

Comenzó a caminar.

—Creo que Emma está herida —dije—. Tengo que buscarla.

—¿Qué le ha pasado?

—El gentil le dio un golpe y... no lo sé, estaba muy débil. Me despisté dos segundos y había desaparecido.

—Se la habrán llevado a la zona de los heridos. Vamos hacia allá, ¿vale? —Retrocedió un par de pasos hasta llegar a mí y me dio un golpe amistoso en la espalda, animándome a emprender el camino—. Seguro que no es nada.

Le seguí porque, en realidad, tampoco habría sabido qué otra cosa podía hacer. Conforme subíamos por aquella colina, podíamos observar cómo el caos se desataba en toda su magnitud. Lamias, gentiles, lobos... aquello era una maraña de bichos que miraban a los humanos con los ojos inyectados en sangre. Nadie entendía por qué se comportaban así, pero respondían al ataque como podían y, honestamente, no parecía que fuésemos ganando. Me daba la sensación de que cada vez había menos brujos por criatura.

Se me formó un nudo en la garganta y me obligué a retirar la mirada de la batalla para seguir caminando.

—¿Pero qué...? —dijo Arkaitz—. ¡Se están retirando!

—¿Quién?

Seguí la mirada de Arkaitz y descubrí a un grupo de Empáticos. Efectivamente, parecían seguir nuestra dirección hacia el campamento de heridos. Uno de ellos se llevaba la mano a la cabeza con los ojos cerrados.

—Están siguiendo las órdenes de Uria —dedujo Arkaitz, y su semblante se ensombreció.

Agité la cabeza, desconcertado.

—¿Qué? ¿Por qué? ¿Uria les está mandando retirarse? ¿Solo a los Empáticos? ¡Pero eso es injusto!

Arkaitz paseaba su mirada por el campo de batalla, abatido. Pude verlo en sus ojos: íbamos a perder esta batalla. Las criaturas parecían multiplicarse y los brujos que aún resistían estaban agotados, combatiendo a veces a dos manos, aturdidos y asustados. Nadie comprendía lo que estaba sucediendo, y el horror y el pánico parecían haber campado a sus anchas por el bosque. Respiré profundamente. El pecho me pesaba como si de pronto se hubiese convertido en piedra. Después de todo, Gaueko iba a salirse con la suya.

—Que Mari nos asista —murmuró Arkaitz en voz muy baja.

—¿Verdad? No estaría mal —ironicé.

Pero según esas palabras escaparon de mi boca, mis ojos se abrieron de par en par.

—Eso es —dije, y Arkaitz me miró sin comprender—. Que Mari nos asista, ¡claro!

—¿Qué?

—Tengo que irme —respondí con rapidez—. Creo que sé cómo puedo ayudar.

Aún no sé de qué modo conseguí recorrer todo el camino que me llevaba a la cueva de Mari. Tampoco sé cómo pude recordar exactamente la manera de llegar hasta allí. Solo sé que sentí que tenía que ir a verla y que esa sensación se produjo como un destello que me guio en mi camino hacia ella. Corrí sin hacerme preguntas, sabiendo que hacía lo correcto. Corrí hasta quedar exhausto.

Reconocí la entrada de la cueva de inmediato y comencé a caminar por aquel pasillo sin pensármelo dos veces. No sé qué clase de instinto me impulsaba a andar con esa seguridad, provocando el eco de mis pisadas en las paredes de la cueva como si no tuviese ningún miedo. En cualquier otro momento habría llamado loco al que se atreviera a sugerir que yo (¡precisamente yo!) pudiera enfrentarme de tú a tú con la diosa más importante de todo Gaua. No sé qué me pasaba por la cabeza. Supongo que era una mezcla de imágenes: la expresión de Emma en el suelo tras ser derrotada por un gentil, la de Ada secuestrada por Gaueko y pasando miedo más allá de la frontera de tinieblas, la de todos esos brujos peleando absurdamente y a punto de perder la batalla...

No era seguridad. Era desesperación.

O Mari nos escuchaba o estaríamos perdidos.

Antes de que me diera cuenta, mis pies me habían llevado ante la figura de piedra. La miré unos instantes y, después, cerré los ojos.

—Mari —dije, con la voz pausada pero rotunda.

Supongo que pensé en que así era como se hacía en las películas. Con seguridad y contundencia. Con aplomo. Esperé un rato, con el pecho hinchado, preparado para enfrentarme a su respuesta. Nada. Abrí un ojo con cuidado.

En serio, ¿nada?

Me aclaré la garganta.

—Mari —repetí, esta vez un poco más alto.

Era cierto que Nagore no lo había hecho de ese modo. Ella había comenzado con una especie de rezo supercordial, con palabras que sonaban un poco al siglo pasado, pero Mari no pretendería que le hablase así, ¿verdad? Porque no sabría ni por dónde empezar.

¡Agh, estaba harto de estas tonterías! ¡No teníamos tiempo para tantas ceremonias!

—¡¡¡Mari!!! —grité, y mi voz se quedó dando vueltas por la cueva, rebotando como si fuera una pelota de ping-pong. Hasta yo comprendí que a lo mejor me había pasado un poco, pero ya estaba hecho, y tan pronto como me di cuenta el suelo empezó a vibrar bajo mis pies.

Su estatua comenzó a brillar, exactamente igual que la última vez, y supe que me había escuchado. Tuve que reunir fuerzas para no retroceder. Esa cosa imponía más

que cualquier criatura a la que hubiera visto en mi vida.

—¿Cómo te atreves a importunarme así?

«Mal humor al despertarte, ¿eh?», pensé, y me sacudió una risa nerviosa. Mira por dónde, ya teníamos algo en común.

Respiré profundamente. De repente tenía la boca tan seca que por un momento tuve miedo de no poder articular palabra.

—Necesitamos tu ayuda —dije.

—No me sorprende.

Reconozco que el cinismo de su respuesta me pilló un poco desprevenido. Cambié el peso de una pierna a la otra, algo incómodo. No era así como había imaginado la conversación, la verdad. Con la que había liada ahí fuera, no me veía teniendo que convencerla, pero de repente, me sentía un poco ridículo.

—Pero es que esta vez es importante —insistí después de unos segundos meditando mi respuesta.

—Los humanos sois los seres más ególatras que habitan sobre la faz de la tierra. —Aquella voz que emergía de la piedra parecía cansada. Aburrida—. Siempre creéis que el mundo entero empieza y acaba en vosotros. Ha sido así desde el principio. Ante el más mínimo problema, clamáis a vuestra Madre, suplicáis ayuda. Es más, ¡la exigís! Como si la diosa de dioses no tuviese un cometido más importante que desenredar los líos en los que vosotros mismos os metéis por un exceso de soberbia.

Parpadeé despacio, intentando asimilar su discurso.

—Vamos, que...

—Márchate —sentenció.

«¿Y ya está?»

Noté que el brillo de la estatua se estaba apagando y, pasada mi primera reacción de estupor, me enfurecí.

—¡Eh! —grité—. ¡No puedes largarte sin más!

Si Nagore hubiera estado allí, estoy seguro de que a esas alturas estaría tirada en el suelo, alabando a la diosa y suplicando clemencia por mi falta de respeto. Pero ese era el tema: Nagore no estaba conmigo; estaba cuidando a los heridos de una batalla en la que era posible que estuviera a punto de perder a mis dos primas. Ya no tenía nada que perder.

Y, a decir verdad, se me estaba empezando a agotar la paciencia.

—Que vale, que los humanos somos lo peor —dije, alentado por el hecho de que la estatua, aunque atenuada, no había dejado de brillar por completo—. ¡Pero es que esto ya hace tiempo que ha dejado de tener que ver con los humanos! Es Gaueko el que tiene algún que otro problemilla siguiendo tus normas, ¿eh? Vamos, que tiene a todas las criaturas hechas una furia ahí fuera. ¿Secuestrar a mi prima? Vale, puede que eso sí sea un lío en el que nos hemos metido nosotros, pero la cuestión es que el dios de las Tinieblas no solo tiene a mi prima, ¡es que tiene también a su madre! ¡Vamos, el linaje perdido al completo! ¡Y al Basajaun! No sé a ti, pero a mí me da una mala pinta tremenda. Y mientras tanto, pues nada, ¡todas las criaturas a matarse entre sí! Es que como les dejes ahí, dentro de poco no vas a tener nadie a quien gobernar.

A mi voz le sucedieron unos largos segundos de silencio. Por un momento pensé que no iba a contestarme y que iba a quedarme ahí, plantado, sin saber bien adónde ir ni qué hacer. Pero entonces, de repente, escuché un rayo y un posterior crujido, y la estatua se partió en dos. El sobresalto me hizo perder el equilibrio y deseé tener algo en lo que apoyarme.

¡¿Acababa de romper la estatua de Mari?! ¡¿De verdad?!

Pero aún no habían acabado las sorpresas. Los pedazos de piedra rota comenzaron a temblar en el suelo y se arremolinaron formando una especie de tornado a su alrededor que me obligó a cubrirme los ojos. Cuando pude abrirlos, habían adquirido su forma de nuevo. Solo que esta vez Mari ya no tenía nada de estatua.

Es más: se estaba moviendo hacia mí.

La verdad es que se parecía bastante a todos los retratos que había visto de ella. Aun así, me había parecido más delicada en las imágenes. No había nada delicado o frágil en ella, al contrario: además de ser sorprendentemente alta, tenía una complexión fuerte, un rostro de ángulos marcados y piel recia. El pelo le caía ondulado hasta la cintura, salvaje, y sujetaba un bastón con una mano, aunque no se apoyaba en él para caminar.

Mi corazón luchaba por escaparse de mi pecho.

Era Mari. Mari de verdad. La mismísima Mari en persona. Bueno, si es que podíamos hablar de «en persona» al tratarse de una diosa.

«Ay madre, Teo, ¿a qué viene esto ahora?, céntrate. Di algo».

Pero nada. Lo único que escapó de mi garganta fue un ruidito penoso más parecido a un maullido que a una palabra. Mari clavó sus ojos, verdes y fieros, en los míos.

—Tienes agallas, chico. Es la tercera vez que me cruzo contigo y ya son tres las veces que me has faltado al respeto —dijo.

A mí me temblaban las rodillas. Iba a morir, seguro. Si no me mataba ella, mi corazón dejaría de latir solito y, ¡puf!, hasta luego.

Clavé la mirada en el suelo. Era imposible soportarla en sus ojos ni un segundo más. Mari se aferró al bastón, pero no para erguirlo contra mí ni nada parecido. Miré de reojo un poquito, tan impaciente como aturdido. ¿No iba a...? No sé, ¿no iba a convertirme en rana, o algo así? Reconozco que a esas alturas estaba bastante confuso.

—Has dicho que tiene al Basajaun. Sabía que algo iba mal desde que abrí los ojos por primera vez esta mañana. La naturaleza se vuelve indudablemente triste cuando mi viejo amigo está en peligro —dijo. Yo asentí en silencio, todavía con los ojos fijos en el suelo. Y entonces, de pronto, observé que me tendía la mano—. Vamos.

Creo que no hace falta que te diga que su propuesta no admitía ninguna réplica. Que la diosa más poderosa del mundo me estuviera tendiendo la mano era, sin ninguna duda, lo más surrealista que me había pasado en la vida. Pero a la vez, puede que fuera la única oportunidad que teníamos.

Así que tragué saliva, reuní fuerzas para devolverle la mirada y le di la mano. En el momento en que lo hice, el suelo nos absorbió en un remolino y desaparecimos sumergiéndonos bajo la tierra.

16

Ada

Encerrada en la oscuridad, la humedad calaba en los huesos.

De alguna manera sentía como si cada gotita de agua del bosque se hubiera concentrado en esas cuatro paredes. El aire era tan frío que me costaba respirar. Las piernas me temblaban, pero intentaba controlarlo. Por nada del mundo quería que Gaueko se diese cuenta y supusiera que era producto del miedo.

Él daba vueltas por la habitación. En realidad, llevaba un tiempo en silencio. No le hacía falta decir nada. Su mera presencia era suficientemente inquietante. Más, en realidad, si permanecía callado. Me hacía intuir que tenía la situación bajo control.

Mi madre, en cambio, parecía bastante tranquila. Al menos se esforzaba por darme esa sensación y, si dirigía mi vista hacia ella, suavizaba la mirada, como si intentara decirme que todo estaba bien y que tenía un plan para salir de esta. Quería creerlo. Quería creerlo con todas mis fuerzas. Pero cada segundo que pasaba me convencía de todo lo contrario.

Aguardé en silencio, tiritando de frío, tratando de no pensar en nada más. Pero era difícil. Al otro lado, el ruido de la batalla sonaba tan lejano que parecía estar ocurriendo a muchos kilómetros, pero no era verdad. Sabía muy bien que estaba allí mismo, que todo eso estaba ocurriendo a escasos metros y que eran nuestros amigos los que estaban peleando. Mi familia. Teo y Emma.

Sentí algo encogiéndose en mi pecho.

¿Estarían bien?

Como si pudiera adivinar mis pensamientos, Gaueko dirigió su mirada hacia mí y esbozó una pequeña sonrisa satisfecha. Se me acercó despacio y, con un gesto de sus dedos, un remolino negro acabó formando un taburete sobre el que se dejó caer, a mi lado.

—Ada, mi pequeña Ada. Estás muy callada —dijo—. ¿Qué te parece si jugamos a algo?

Era imposible sostenerle la mirada, así que clavé mis ojos en el suelo, muy decidida a no decir absolutamente nada. Tenía la aplastante sensación de que utilizaría cualquier cosa que dijera para hacerme daño.

Volvió a la carga. Su voz, falsamente conciliadora, me provocaba un extraño escalofrío.

—Con algo tendremos que matar el tiempo, ¿no te parece? ¿Qué tal un juego de adivinanzas? —Chascó sus de-

dos y el humo negro que salió de ellos formó una especie de pantalla que se colocó justo delante de mí.

Quise evitarlo, pero me traicionó la curiosidad y no pude evitar mirar. En aquella pantalla había un montón de personas que peleaban contra criaturas en una batalla grotesca. ¿Ese bicho tan furioso era un galtxagorri? ¡Pero si eran los seres más inofensivos de todo Gaua! Era como si de repente todas las criaturas se hubieran vuelto completamente locas. Y, por lo que veía en la cara de los chicos que peleaban contra ellas, no parecía que tuvieran la situación bajo control. Todo lo contrario: miraban a su alrededor con gestos de desconcierto, como si estuvieran improvisando y no tuvieran ni idea de cuál iba a ser su siguiente paso.

—Adivina adivinanza... —Un destello de luz relampagueó en sus ojos—. ¿Cuánto tiempo es el máximo que crees que pueden aguantar un par de críos que apenas acaban de aprender lo que es la magia?

Apreté las manos, las tensé contra las cadenas como si quisiera liberarlas para darle un puñetazo. Mi madre se revolvía. Intentaba que la mirase a ella. Que mantuviera la calma y no entrase en el juego.

Porque era eso. Era un juego. Un truco. Tenía que serlo, y no quería ser tan estúpida de caer por algo así. Ya había conseguido engañarme con el cuento del castañero y no iba a volver a tragarme ninguna de sus tretas. Estaba claro que lo que quería era ponerme nerviosa, que me pusiera en el peor escenario y cediera ante lo que me pedía. Era eso. Tenía que pensar con la cabeza fría. Si no fuera un truco, ¿por qué estaba negociando conmigo y no con mi madre? Estaba clarísimo que ella era infinitamente más poderosa que yo. O, al menos, tenía más conocimiento sobre sus capacidades y... no sé, ¿no convertiría eso en su magia como algo más definido? ¿Más efectivo? No llevaba el suficiente tiempo en Gaua como para saber bien cómo funcionaba, pero sí tenía clara una cosa: si estaba hablando conmigo es porque yo era el eslabón más débil. No por nada mi madre había conseguido esconderse de él durante tantos años. Era lista. Y por eso la tenía amordazada.

Pero de pronto, una nueva imagen en el lienzo mágico hizo que todos mis pensamientos se esfumaran con una rapidez pasmosa, como si nunca hubieran estado ahí.

Era Emma.

Estaba tendida en una cama y tenía... tenía los ojos cerrados. Había restos de sangre en lo alto de la frente, justo en el comienzo del pelo, como si hubiera recibido un golpe muy fuerte. No se movía, y el plano era demasiado corto como para poder identificar si estaba respirando. Parecía... ¿estaba...?

Aparté la mirada con el corazón latiéndome a toda velocidad. Era una imagen demasiado dolorosa como para seguir mirándola. ¡Todo era por mi culpa! Emma estaba herida, quien sabe si... ¡Y era por mi culpa! De un momento a otro, la habitación parecía haber adquirido un aspecto irreal. Daba vueltas a mi alrededor. Sentí ganas de vomitar.

Supongo que era la reacción que esperaba Gaueko. De un nuevo chasquido, hizo desaparecer la pantalla y colocó su silla un poco a su derecha para colocarse justo en frente de mí. Me miró detenidamente mientras yo aguantaba las lágrimas.

—Podemos parar esto cuando tú quieras —dijo calmadamente.

Con una mano volvió a sacar su extraño amuleto del pecho y me lo enseñó. Me fijé en que una de sus esquinas era afilada. Lo suficiente como para poder inyectarlo en mi dedo y beber de mi magia. «Un pinchacito», parecía decirme. «Un pinchacito de nada y acabamos con toda esta locura.»

Pero a mí me hervía la sangre. Hasta ese momento nunca había comprendido el verdadero significado de esa expresión, pero ahí estaba: la sentía bullendo, burbujeando, subiéndome por el pecho y arrebolándome las mejillas. Ardía en mis ojos.

Le odiaba.

Y odiaba a mi sangre, la misma que hervía con una ira tan visceral que me hacía darme cuenta de que efectivamente tenía una parte de él. Algo tan oscuro como lo que sentía en ese momento no podía sino ser producto de las tinieblas.

Gaueko seguía con el amuleto en la mano, pero no le di la satisfacción de proporcionarle una respuesta y, finalmente, se encogió de hombros.

—¿No? —Guardó de nuevo el amuleto en su sitio—. Tú misma.

Entonces volvió a ponerse de pie e hizo desaparecer la silla.

Le vi caminar decidido hacia mi madre.

Creo que ese fue el instante en que todo mi orgullo, mi ira y mi desprecio se desmoronaron y se deshicieron en la oscuridad. En cuanto vi cómo sus dedos se acercaban a la garganta de mi madre, el pánico se apoderó de mí y no pude pensar en nada más.

17

Emma

Me dolían los ojos. A través de los párpados cerrados, veía los destellos de las luces de la batalla como círculos rojos. Dolían a rabiar.

—Se está despertando —dijo una voz a mi lado.

Abrí los ojos despacio. Cuando conseguí acostumbrar la vista comprendí que estaba en una camilla, rodeada de unas cuantas más. Poco a poco fui recordando la situación y deduje que me encontraba en una especie de campamento donde los brujos más pequeños curaban a los heridos. Lo último que recordaba había sido intentar huir del gentil y...

—¿Teo? —fue lo primero que dije, intentando incorporarme.

Pero un par de manitas impidieron que me pusiera completamente de pie.

—Teo está...

—... bien. No se encuentra entre los heridos. A ti...

—... te habían dado un golpe bastante fuerte en la cabeza.

Por un momento creí que veía doble. A mi derecha y a mi izquierda la misma chica pequeñita y con pintas de sabelotodo me miraba con una expresión idéntica, que supongo que trataba de ser conciliadora. Me costó un par de segundos más recordar que ya las conocía. Que eran Itziar y Enea, las gemelas Empáticas que habían formado parte de la brigada de Teo en la persecución de las criaturas de Navidad.

—Estoy bien —dije, tratando de sonar más segura de lo que realmente estaba.

Las gemelas me miraron con desconfianza, pero me dejaron espacio para que me sentara en la camilla y consiguiera incorporarme. Al principio todo daba un poco de vueltas, como si estuviese en un barco en medio de una tormenta, pero terminó por asentarse un poco. Entonces sí, me puse de pie de un salto.

Enea trató de impedirme el paso.

—¡Necesitas descansar!

—No tengo tiempo para descansar —dije, y traté de esquivarla, aunque sin demasiada habilidad. Pero justo entonces me topé con otra cara conocida y me quedé clavada en el sitio—. ¿Nagore?

Estaba echando un vistazo a una camilla donde un chico algo mayor que yo se quejaba de dolor en la pierna. Al escuchar mi voz corrió hacia mí y me dio un abrazo.

—¿Qué te ha pasado?

—Un gentil —dije sin darle mucha importancia—. ¿Has visto a Teo?

—Por aquí no.

—Estaba luchando cuando me desmayé.

No quería dejarme llevar por el pánico. Comencé a andar en dirección a la batalla y Nagore me siguió, caminando a mi lado sin decir nada.

Lo que veíamos a nuestro alrededor perfectamente podía resumirse como el mayor caos que había presenciado en mi vida. Los brujos caminaban de un lado a otro sin orden ni concierto, los heridos se amontonaban y, en medio de una batalla que era evidente que estábamos a punto de perder, algunos Empáticos se miraban entre sí aturdidos y otros se replegaban, obedeciendo las órdenes de abandonar la lucha y dejarnos solos. De alguna forma parecía que cada vez había más lobos entre nosotros.

Nagore me dirigió una mirada de preocupación. Ninguna de las dos supimos qué decirnos. Esto no podía salir bien.

Justo entonces, no muy lejos de nosotras, observé que un chico se subía encima de una roca. Alzó un poco sus manos para tratar de mantener el equilibrio y miró hacia los lados antes de hablar. Parpadeé un par de veces.

Hubiese jurado que...

—¿Es Unax? —exclamó Nagore, tan sorprendida como yo.

—¡Empáticos! —Efectivamente, aquella era la voz de Unax. Hablaba en un volumen moderado, pero, por la manera en la que todos se volvieron y miraron en su dirección, supe que estaba comunicándose también dentro de sus cabezas—. ¡Parad! ¡No tenemos por qué hacer esto!

Si las miradas matasen, la que le lanzó Uria en aquel momento le habría dejado fulminado en el suelo. La vi hacerse paso entre la gente en su dirección, hecha una auténtica furia.

—Unax, ¿qué demonios estás haciendo? —escupió.

Pero Unax no respondió. Apenas la miró un segundo, pero después volvió a clavar sus ojos en todos los demás y siguió hablando:

—Entiendo que estéis confundidos —dijo—. ¡Es Gaueko de quien estamos hablando! Yo también tengo miedo.

La líder parecía no dar crédito. Al principio optó por reírse y miraba a su alrededor, tratando de encontrar una mirada cómplice. Pero todos miraban a Unax, y su voz se alzaba con más fuerza. Vi cómo se le enrojecían las mejillas de la rabia.

—¿De verdad vais a escucharle? —Le señaló con un desprecio que no se esforzó en disimular—. ¡Recordad lo que os ha hecho su familia!

Pero Unax continuó, ajeno a los intentos de Uria por acallarle.

—Es normal tener miedo —dijo—. Pero también es

una oportunidad para demostrar qué clase de brujos queremos ser. Se han dicho cosas muy malas sobre nosotros. Se ha extrapolado a un linaje los errores que unos pocos cometieron. Lo sé muy bien porque yo formé parte de esos errores, y esa será una carga que asumiré y llevaré conmigo el resto de mi vida. Pero si algo he aprendido es que pertenecemos a un linaje que durante años ha servido a Gaua y la ha hecho crecer, y ese es un privilegio al que debemos honrar. Y yo pienso hacerlo, esta misma noche. —Por un momento me pareció que le temblaba un poco la voz, pero se recompuso rápido—. De nada sirve el egoísmo ahora. Debemos demostrar el auténtico valor de los Empáticos. El mismo que exhibieron nuestros abuelos y los abuelos de nuestros abuelos. ¡Nosotros no dejamos vendidos al resto de los linajes! ¡Nosotros no cargamos contra criaturas inocentes! ¡No son el enemigo! Los Empáticos servimos a Gaua, y es evidente que Gaua nos necesita más que nunca. ¿Quién está conmigo?

Por muchas veces que hubiera mirado ya a Unax, nunca antes le vi como entonces, levantado frente a los suyos, hablando en nombre de su linaje, mostrándose vulnerable y al mismo tiempo tan seguro de algo. Comprendí por qué la gran mayoría de ellos, inmediatamente, rompió en un aplauso o alzó sus puños.

No era solo una cuestión de apellido, en aquel momento me di cuenta. Unax verdaderamente había nacido para ser líder. La manera en la que se movía, en que hablaba y miraba a los demás, infundía certeza y esperanza en un momento en que todo lo que había alrededor era caos.

Sonreí sin poder evitarlo.

Mientras tanto, Uria parecía furiosa. Cerraba los ojos con muchísima fuerza y supuse que estaba intentando mandar algún mensaje a los Empáticos, pero ellos ya habían decidido: seguían a Unax. Él la ignoró y no perdió el tiempo. En apenas unos minutos organizó a sus compañeros de líderes por grupos. Los que podían manipular la mente de otras personas se encargarían de las criaturas para conseguir reducir sus ataques sin recurrir a la violencia. Los que tenían la habilidad de escuchar pensamientos, en cambio, le seguirían para meterse en la fortaleza de tinieblas.

Se pusieron en marcha sin malgastar un solo segundo. No alcancé a despedirme. Le vi darse la vuelta y guiar a su linaje hacia la oscuridad.

—¿Qué hacemos?

La voz de Nagore me devolvió al bosque y mi sonrisa se disolvió un poco. Aunque el gesto de Unax daba esperanzas, lo cierto es que aquí fuera seguíamos en inferioridad de número, y las criaturas parecían más violentas que nunca. ¿Podríamos aguantar hasta que los Empáticos rescataran a los rehenes?

Eso si lo conseguían, pensé, e inmediatamente decidí desterrar ese pensamiento. Formaba un nudo demasiado pesado en mi estómago.

Seguimos adelante, tratando de no hacernos más preguntas. Los refuerzos de Unax habían conseguido aturdir a la mayoría de los galtxagorris y eso ya era un desahogo considerable. Aun así, mientras Nagore y yo cruzábamos a toda velocidad el campo de batalla, vi cosas que me habría gustado no ver en mi vida. Una lamia arremetía con sus garras contra un chico en un combate muy desigual. Otro brujo se desmoronaba y, a lo lejos, me pareció que un Sensitivo más se quedaba sin catalizador.

—Emma, ¡detrás de ti!

Todo sucedió en cuestión de segundos. Me giré por el grito de Nagore y me di de bruces contra las fauces de un lobo. No sabía si tendría la fuerza suficiente como para protegerme con magia, pero mis manos se dirigieron al eguzkilore de mi cuello sin hacerse preguntas. Y antes, justo inmediatamente antes de que mis manos pudieran tocar la madera, una voz más fuerte que todos nosotros irrumpió en el bosque y lo hizo temblar.

—Basta.

Ni siquiera fue un grito. Tan solo una orden, tan firme como efectiva, que provocó que absolutamente todo se detuviese por un instante. Fue imposible no sentir la sacudida de esa voz, más profunda que la tierra que nos sostenía. El lobo cerró sus dientes a escasos milímetros de mí y mis dedos se congelaron en su impulso. Miré a mi alrededor: todas las criaturas se habían quedado paradas y su mirada se había suavizado. Nos miraban en medio de la confusión, como si acabasen de despertar de una pesadilla.

Y, en medio de todos, una mujer con un largo vestido verde parecía haber emergido de la tierra. Con un niño, que tosía violentamente. Un momento. No era un niño corriente. ¡Era Teo! ¡Teo! ¡Y estaba bien! Quise gritar y echar a correr hacia él, pero todavía seguía paralizada por la voz de esa mujer.

Porque ella... ella era...

No podía ser, ¿verdad?

Comencé a escuchar los primeros murmullos y gritos ahogados por la sorpresa. Ante su presencia, los lobos comenzaron a sentarse sobre sus patas traseras y agacharon la cabeza. Le siguieron el resto de las criaturas, que tiraron los mazos, piedras y palos con los que estaban peleando. Sí era ella. No había duda. Ninguna otra persona habría generado lo que estábamos viendo con nuestros propios ojos.

—Mari... —susurré con el corazón latiéndome a toda velocidad.

La observamos todos en silencio, absortos. Un simple golpe de su bastón sobre la tierra le sirvió para derribar la frontera de tinieblas y dejar su interior a la vista de todos nosotros. Sentí que me quedaba sin respiración. Sin las oscuras paredes podía ver el interior del refugio de Gaueko, antes oculto a nuestros ojos. Los Empáticos apenas habían conseguido avanzar hasta él y, por lo que vi, jamás habrían sido capaces de llegar a tiempo.

El Basajaun estaba amordazado en el suelo, al igual que la madre de mi prima. Mientras tanto, Gaueko permanecía de pie, envuelto en un largo abrigo negro, y Ada... Ada estaba a su lado, con la mano tendida hacia él y la cabeza agachada, como si estuviera a punto de doblegarse a lo que quiera que Él le estaba pidiendo.

—Quieta —susurró Mari con una calma que me heló la sangre. Y Ada se detuvo.

La diosa había llegado en el momento justo.

Los ojos de Gaueko relampagueaban de pura furia.

18

Ada

Mi mano se quedó paralizada en el aire justo en el instante en que la voz de Mari irrumpió en el bosque. Mis dedos se encontraban a escasos milímetros del amuleto de Gaueko, pero se quedaron ahí, suspendidos, con su mirada clavada en mi piel mientras el corazón me latía a toda velocidad. Siento que pasaron mil cosas en esos escasos segundos antes de que reaccionase de verdad. Mil pensamientos, mil posibilidades, todas delante de mi cabeza, un poco como dicen las películas que ocurre cuando estás a punto de morir.

En un primer momento no entendí nada. Llevaba tanto tiempo encerrada en esa fortaleza de tinieblas, rodeada de tanto horror y tanto miedo, que escuchar la voz de Mari era un soplo de alivio tan maravilloso como surrealista, y mi primera reacción fue pensar que era otro truco más. Me costó comprenderlo, pero las paredes habían caído, así como las esposas que sostenían a mi madre y al

Basajaun. Lo vi en los ojos de Gaueko: esto no se lo esperaba.

Inmediatamente después pensé que no me daría tiempo a frenar el impulso de mi mano y que tocaría el amuleto por la pura inercia del movimiento y lo echaría todo a perder. Pero la voz de Mari la había paralizado y, aunque todo el cuerpo me temblaba, había conseguido que mis dedos se quedasen ahí, absolutamente quietos, ante la atenta mirada de Gaueko.

También se me pasó por la cabeza que él vencería esa distancia a la fuerza. Le bastaba solo un pequeño empujón del amuleto, apenas un pequeño movimiento sería suficiente. Sus ojos de lobo me dejaban muy claro que él lo pensaba también. Pero no le habría servido de nada. Aunque fuera un movimiento tan corto, aunque estuviéramos hablando de solo unos milímetros y unas décimas de segundo, sería un movimiento suyo y no mío. Sería robarme la magia y él mismo me lo había dicho: no funcionaría.

La tensión entre nosotros podría cortarse con un cuchillo.

Su mandíbula se apretó en una mezcla de frustración e ira justo antes de apartarla de mí y dirigirse a Mari.

Mi mano cayó de golpe, pesándome como si de repente estuviera hecha de piedra.

Antes de que me diera cuenta, los brazos de mi madre me envolvieron con fuerza, pegándome la espalda contra ella. Estaba temblando como una hoja.

—Mari... —Si en algún momento la expresión de Gaueko había dado muestras de turbación, había conseguido esconderlas de inmediato. Había recuperado su pose erguida, su cabeza levemente inclinada hacia atrás al caminar, como si todo lo que sucedía a su alrededor fuese un espectáculo que le divirtiera muchísimo o se tomase a broma—. ¿A qué debo este honor?

El aspecto de Mari, en cambio, era implacable. Aunque nunca hubieras oído hablar de ella, por la manera en la que caminaba, abriéndose paso entre la gente y las criaturas, habrías comprendido que era la dueña del bosque. Su mera presencia había acallado a todo el mundo, y el silencio era tan absoluto que solo se escuchaban sus lentas pisadas en nuestra dirección. Mientras caminaba a paso firme, un par de finas trenzas con abalorios tintineaban en medio de su cabello ondulado.

—Te sorprendería la paciencia que he aprendido a desarrollar con los años, Gaueko —dijo—. Supongo que te lo debo, porque te has esforzado por desafiarla una y otra vez.

—Me halagas.

Las palabras entre ellos volaban como dardos envenenados. Me percaté de que, bajo mis pies, justo en el lugar que había ocupado la fortaleza, ahora había un círculo de cenizas que nos separaba del resto. Me fijé a mi alrededor por primera vez y descubrí a todas esas personas, todo eso que Gaueko me había enseñado a través del espejo mágico, y tragué saliva. Descubrí también a Unax, que encabezaba a un grupo de chicos que había llegado sorprendentemente cerca de nosotros. Parecía que estaban intentando entrar a rescatarnos justo cuando Mari había derribado el hechizo. Ser consciente de todo lo que estaba sucediendo a mi alrededor me mareó un poco, pero al mismo tiempo sentí que me devolvía la fuerza que necesitaba para enfrentarme a él.

Había estado demasiado cerca. Gaueko había estado a punto de conseguirlo. Me había enseñado a todas esas personas sufriendo por mi culpa, a Emma tumbada en aquella cama inconsciente, y había amenazado con hacer daño a mi madre. Creía que era fuerte, pero tal vez después de todo no lo era tanto como pensaba. Habría podido soportar cualquier cosa que Gaueko me hiciese a mí, pero no que hiciera daño a la gente que quería. Había sabido jugar muy bien sus cartas: le habría dado mi vida si me lo hubiera pedido.

De un último paso, Mari se adentró en el círculo de ceniza. Por un momento pensé que se enfrentaría a Gaueko directamente y que se enzarzarían en una pelea épica de la que los demás solo podíamos salir calcinados, pero, en lugar de eso, se acercó al Basajaun y se inclinó ante él.

—Mi fiel amigo... —Le tendió la mano con una ternura inesperada.

Para una criatura tan gigante como él, la mano de Mari era una cosa tan pequeña e insignificante que me sobresaltó que tirase de ella para ponerse de pie. La física dictaba que eso era imposible y que Mari debería haber caído al suelo. Claro que, en fin, dudaba mucho que en un lugar como Gaua la física tuviese mucho que decir. Mari apenas se movió un milímetro mientras ayudaba a incorporar al Basajaun, y aprovechó para acariciarle su enorme y peluda mejilla antes de que se pusiera de pie del todo.

Solo entonces volvió hacia nosotros. Mari se mantuvo a una distancia considerable del dios de las Tinieblas, tal vez a unos cinco o seis pasos de distancia, pero a pesar de eso la energía que se produjo entre ellos era tan poderosa que hizo que mi madre y yo tuviéramos que dar un paso atrás. Entonces recordé lo que dijo Gaueko: su magia era incompatible entre sí y jamás llegarían a poder tocarse. Ahora lo veía con mis propios ojos. Era como tratar de atraer a dos imanes de polos idénticos. No solo era imposible, sino que generaba un aura extraña e incómoda a su alrededor, como si el aire estuviera a punto de romperse.

Ahí estaban las dos fuerzas más poderosas de Gaua, delante de nosotras. Las dos caras de toda la magia del bosque. Y aun así, no podrían hacerse daño jamás.

Se mantuvieron así unos instantes, mirándose a los ojos, negro contra verde, ante la absoluta quietud del bosque. Creo que nunca antes había conseguido escuchar el silencio de esta manera. Siempre había algo, ¿no?, un búho, el crujido de una rama producido por una ardilla, un grillo, el viento contra las hojas...

Ahora no había nada.

Por eso la voz de Mari nos recorrió a todos como un escalofrío en invierno.

—Toda paciencia tiene un límite —dijo—. Incluso la mía.

Me pareció que Gaueko esbozaba una pequeña sonrisa, pero no respondió. En su lugar, se cruzó de brazos y alzó las cejas, esperando a que Mari soltase algún tipo de discurso. No se equivocaba:

—Durante años te he consentido muchas cosas en beneficio de la paz de Gaua. He tolerado tu absurda ambición y he mirado hacia otro lado ante cientos de revueltas y de intentos de insubordinación. ¿Y sabes por qué? Para preservar el orden del bosque. Para evitar una guerra que nos perjudique a todos, pero... —Miró a su alrededor y extendió los brazos, evidenciando su incredulidad—. ¿Qué es esto sino una guerra?

—Veo que empezamos a entendernos —dijo con sorna.

La piel de Mari resplandecía bajo la luna mientras trataba de controlar su genio.

—Te has equivocado al involucrar al Basajaun en esto. Puede que fuera lo único que no estaba dispuesta a consentir.

Fue lo último que dijo antes de coger el bastón con sus dos manos y arremeter contra la tierra en un golpe seco. De inmediato, de su base comenzaron a brotar unas chispas de un color verdoso que se extendieron por la tierra hasta emerger en forma de plantas. Solo que estas plantas crecían a una velocidad vertiginosa, trepando como enredaderas a nuestro alrededor y cubriéndolo todo. No entendí lo que estaba sucediendo hasta que escuché el primer aullido.

Tal vez Mari no podía tocarle a él, pero aquellas plantas desde luego podían reducir a sus lobos. Con bastante efectividad.

Gaueko echó la cabeza hacia atrás y rio como si aceptase el desafío. Entonces trazó un semicírculo con la mano y de las puntas de sus dedos emergieron sombras negras como las que había utilizado para crear nuestra prisión, aunque esta vez fueron creciendo y creciendo, formando densas columnas de humo hasta que en el cielo adquirieron la consistencia de nubes. Unas nubes muy muy negras.

El miedo que vi en los ojos de mi madre hizo que me estremeciera. Justo entonces las nubes chocaron entre sí provocando el relámpago más intenso que había visto en mi vida.

Comenzó a llover. Pero no era una llovizna normal. Esto parecía una tormenta tropical, como esas que solo suceden en medio de la selva, con el agua cayendo como una sábana sobre nosotros con tanta espesura que nublaba la vista. De repente escuché gritos. Al principio no lo comprendí, pero me bastó una ojeada a mi alrededor para darme cuenta de que la gente no veía nada. Algunos, se llevaban las manos a la garganta. El aire se había vuelto irrespirable. Una vez más, me di cuenta de que tanto mi madre como yo éramos inmunes a este hechizo, pero también las criaturas se revolvían confusas y asustadas. Se atacaban entre sí y a los humanos, que tampoco comprendían nada y apenas tenían fuerzas ni reflejos para defenderse.

La risa de Gaueko fue lo único que sobrevivió al estallido de un segundo relámpago. Nuevos gritos resonaron entre la gente. No podía saber a ciencia cierta cuál era el efecto que la lluvia ejercía sobre ellos porque yo era incapaz de sentirlo, pero por los gritos parecía que tenía que doler.

Mi cabeza empezó a pensar a toda velocidad, buscando la manera de detenerle. Aunque otra parte de mí quería salir de allí y correr al auxilio de la gente. Buscaba a mis primos entre la multitud, pero la lluvia era tan intensa que a duras penas podía ver más que sombras moviéndose sin orden ni concierto.

—¡Basta! —gritó mi madre, pero era inútil. Su voz se perdía entre los truenos y los estallidos de esa absurda lucha de poder que ninguno de los dos podía ganar. El bosque se había convertido en un espectáculo de luces. Los rayos de Gaueko se sucedían intermitentemente con olas de energía emanadas por Mari. El aire se distorsionaba entre los dos. Parecía descomponerse. Mientras tanto, la lluvia caía, implacable.

Si fuera una artista, creo que así es como habría pintado el apocalipsis.

De pronto, un nuevo rayo cayó, esta vez tan cerca de nosotras que su impacto me hizo volar por los aires.

—¡¡¡Ada!!! —escuché a mi madre chillar, a lo lejos.

Traté de incorporarme, aturdida por el golpe. Cuando conseguí apoyarme sobre los antebrazos y abrir un poco los ojos, vi que había caído junto al Basajaun. El rayo le había propinado una nueva manta de tinieblas que lo había maniatado hasta dejarlo de rodillas. Su pelaje estaba totalmente empapado y tenía la cabeza apoyada contra el suelo. Era la viva imagen de la derrota.

Gaueko quería provocar a Mari y era evidente que lo estaba consiguiendo. Tras emitir un gruñido gutural, la diosa alzó las manos y la tierra se revolvió, provocando que Gaueko perdiera el equilibrio y cayese al suelo. Aun desde allí, en vez de humillarse, sus ojos refulgían con una satisfacción casi histérica. Parecía que llevaba preparándose para esto toda su vida.

—¡¿Qué más vas a hacerme, Mari?! —Intercaló sus palabras con una carcajada—. ¿Intentar encerrarme en otro portal? Ni todos los portales de Gaua pueden contenerme. ¡No puedes vencerme!

Muy despacio repté hacia el Basajaun, tratando de que no se dieran cuenta, y empecé a intentar liberarle de los nudos que le mantenían atado, pero no era nada fácil. La lluvia volvía resbaladizos mis dedos, que ya estaban más temblorosos de la cuenta. El gigante clavó sus enormes ojos en mí.

Un nuevo rayo cayó, no demasiado lejos. Una criatura, no habría sido capaz de identificar si era un animal o un brujo, gruñía de dolor, o de pánico. Debía darme prisa. Ya habíamos tenido la ocasión de comprobar lo que ocurría al reducir al Basajaun, y lo último que les faltaba a mis primos es que los bichos volvieran a enloquecer del todo.

Mientras forcejeaba contra el nudo de sus manos, el gigante se revolvió un poco. Su boca estaba cubierta y parecía que quería decirme algo. ¡Pero no era el momento de llamar la atención!

—No te preocupes, voy a ayudarte —susurré, pero se revolvió aún más fuerte y temí que me descubrieran. Chasqué la lengua, frustrada—. Está bien, espera.

Los relámpagos se sucedían tan seguidos que apenas me daba tiempo de ver nada. No sé ni cómo logré quitarle la mordaza.

Entonces, el Basajaun respiró profundamente. Su boca gigantesca se movió pesada, lenta, con la lluvia recorriendo su pelaje y goteando en el suelo.

—El poder de Mari no le permite hacer nada más —dijo, y miró mis dos ojos de una manera muy concienzuda—. No sin ayuda.

Parpadeé sin comprender.

—¿C-cómo? —dije, aturdida.

¿Insinuaba que yo podía hacer algo para ayudarla? ¿Yo? ¿A la diosa más poderosa de Gaua?

Pero antes de que el Basajaun pudiera darme más información, Gaueko volvió a la carga.

—¡No puedes hacerme nada, Mari! —seguía retándola Gaueko, lejos de nosotros dos. No parecía importarle haber caído al suelo y ser incapaz de levantarse. Su risa estaba cargada de locura.

La diosa se acercó a él. Se agachó para mirarle, con el pelo empapado y su vestido reflejando los destellos de los relámpagos.

—Tienes razón. Yo no puedo hacer nada —dijo, y se detuvo. Por un instante me pareció que miraba en mi dirección antes de continuar—. Pero hay algo que tu soberbia ha pasado por alto. Estabas tan preocupado buscando una manera de destruirme que me has dado a mí un arma para acabar contigo.

Su bastón brilló con el último rayo y, esta vez sí, supe que su mirada en mi dirección no era una casualidad.

De pronto, lo comprendí.

Si una gota de mi sangre en un amuleto de Gaueko le otorgaba el poder de destruir a Mari, debía de ocurrir lo mismo al revés.

Yo sí podía acabar con Gaueko.

Tan solo necesitaba un pedacito del poder de Mari.

Por un momento el tiempo y el espacio se detuvieron a mi alrededor. Fueron los segundos más largos de mi vida.

Podía hacerlo. Podía ponerle fin a todo aquello. Sentía esa certeza dentro de mí, gritando con una fiereza extraña. Pero ¿quería hacerlo? ¿en qué me convertiría hacer algo así? Llevaba estos dos años luchando contra las tinieblas, resistiéndome a pensar que esa oscuridad pudiera existir dentro de mí. Hacer algo de ese calibre suponía aceptar las tinieblas de mi sangre. Utilizarlas para hacer daño. ¡Y yo no quería tener nada que ver con Gaueko! ¡No podría vivir conmigo misma si lo hacía!

El corazón me latía tan deprisa que lo sentía palpitar contra mis sienes. No sabía qué hacer. Era un momento crucial para Gaua y sentía que el destino de todos estaba en mis manos, pero yo estaba paralizada. Indecisa y temblando bajo la lluvia.

Entonces, a lo lejos, entre los gritos de la gente, me pareció distinguir la voz de Emma. No creo que dijera nada coherente, o al menos no conseguí entenderlo. A decir verdad, ni siquiera estoy segura de si realmente fue ella o simplemente la voz de una persona que sonaba muy similar. Pero la cuestión es que aquel sonido se parecía mucho a cómo solía gritar cuando íbamos en bici por el pueblo y se encontraba algún bache en el camino. Iba siempre un par de metros por delante de mí y gritaba con todas sus fuerzas para avisarme del peligro y que yo pudiera esquivarlo. Por eso casi nunca me caía cuando salía con ella.

Aquel grito recorrió todo el bosque y me encontró en medio de la lluvia, justo a tiempo para removerme algo por dentro. Tal vez porque me hizo pensar que, después de todo, Emma podía estar viva. Y ese era un motivo suficiente por el que luchar. Y tal vez también porque de pronto recordé un pequeño atisbo de lo mucho que tenía antes de meterme en ese lío. A veces damos tan por sentadas las cosas importantes que solo nos percatamos de ellas cuando nos duelen, porque nos faltan. Yo siempre había contado con la protección incondicional de mis primos mayores, aunque no me soportasen la mayor parte del tiempo. Siempre había tenido a Emma, y había puesto eso en peligro. Ahora era ella la que necesitaba mi protección.

Sentí la ira subiendo por mis venas otra vez, como otras veces. Noté la oscuridad luchando por imponerse en mi sangre. Pero esta vez supe identificarla. Era mi magia, oscura pero poderosa, viva, tratando de salir a la superficie. Y esta vez no luché por retenerla.

Los ojos del Basajaun me dedicaron una mirada cálida. Asintió levemente, pero yo apenas le vi. En mi cabeza, la voz de Emma se repetía una y otra vez, alimentándome y llenándome de la fuerza que necesitaba.

Estallé.

Grité con fuerza. Con más fuerza de la que sabía que tuviera, y me puse de pie de un salto. Sin saber muy bien por qué hacía lo que hacía, corrí hacia Mari, le arrebaté el bastón y dejé que mi grito se proyectase a través de él, liberando todos mis miedos, mis temores y mi rabia en forma de una ola de energía que se canalizó en la dirección del dios de las Tinieblas. No veía nada. No pensaba nada. Solo gritaba y gritaba sintiendo descargas de energía sacudiendo mis dedos y disparándose a través de la fuerte luz que emanaba del bastón.

Me quedé sin aliento. Caí de rodillas sobre la tierra y me quedé así unos segundos, tal vez minutos, recuperando mi respiración con el bastón entre las dos manos. Me envolvía una sensación de irrealidad demasiado intensa. ¿De verdad acababa de ocurrir? Parecía más bien uno de esos sueños en los que sabes que estás dormida pero del que no sabes cómo salir.

La mano de Mari en mi hombro fue lo que terminó por despertarme. Era verdaderamente difícil sostener esa mirada verde sin el impulso de salir corriendo, pero lo intenté de verdad. Entonces, tal y como había hecho con el Basajaun, me tendió la mano y me dedicó una pequeña sonrisa.

Todavía algo aturdida, se la acepté. En el momento en que mi mano tocó su piel, comencé a sentirme muchísimo mejor y a ver la situación con claridad. Noté cómo se desentumecían mis músculos y cómo desaparecía cada uno de mis rasguños. ¡Era increíble! La miré temblorosa, esperando a que dijera algo, a que me explicara lo que acababa de pasar, o me reprendiera por robarle su bastón... ¡algo! Pero no dijo nada. En su lugar, inclinó su cabeza hacia mí en señal de respeto.

¿Respeto?

Creí que me iba a marear de nuevo.

De pronto, el primer aplauso sonó delante de mí. Alcé la vista y vi a mi madre. A este le sucedió uno más. Y otro. Y para cuando quise darme cuenta, toda la explanada estaba aplaudiendo, al principio lentamente y después en un rugido comparable a los truenos. Al pensarlo, me di cuenta de que también la tormenta había parado.

Me eché a temblar, presa del nerviosismo, y eché una ojeada allá donde mi rayo de energía se había dirigido. En el lugar que había ocupado Gaueko, ahora yacía simplemente su abrigo de piel de lobo, arrugado en el suelo. El aire de repente parecía más liviano, más fácil de respirar.

—¡Lo has hecho, Ada! —El grito de Teo me pilló desprevenida. No me dio tiempo a reaccionar. Me abrazó con tanta efusividad que estuvo a punto de tirar el bastón y de que acabásemos los dos en el suelo—. ¡Ha sido INCREÍBLE! ¡Tenías que haberte visto!

Imitó el sonido de una explosión que por lo visto emulaba lo que acababa de pasar, y por un momento me avergoncé un poco. ¿De verdad todo eso había salido de mí? Pero antes de que pudiera pararme a analizarlo o empezar a formular todas las preguntas que tenía en la cabeza, vi a Emma abrirse paso entre la multitud que aplaudía y el llanto se apoderó de mí sin que pudiera evitarlo.

—¡Emma! —grité. Con toda su fuerza (¡que era mucha!) nos abrazó a los dos y nos espachurró hasta el punto de que pensé que nos íbamos a ahogar. De todas formas, yo lloraba tanto que me costaba bastante respirar. Intenté hablar, pero solo emití unos hipidos bastante ridículos—. Creía que... que... creía que...

—¿Qué? —Parecía confusa.

Ante mi repentina incapacidad de hablar le señalé la frente. No me veía preparada para explicarle las imágenes que me había enseñado Gaueko.

—¿Esto? ¡Si ha sido un golpecito de nada!

Ver a la Emma de siempre, tan bruta y valiente, me hizo reír. Me limpié las lágrimas con las mangas de mi abrigo y les achuché aún más, disfrutando del momento. Había llegado a pensar muy en serio que algo como esto no iba a volverse a repetir, y saber que estaban a salvo, saber que volvíamos a estar juntos, era la sensación más increíble del mundo. Cuando abrí los ojos, vi que mi madre nos dedicaba una mirada tierna y se acercaba despacio. Miré a mis primos antes de soltarme y dirigirme a ella. Nos abrazamos con suavidad y experimenté la sensación que uno tiene cuando llega a casa y se enfunda en su pijama más calentito. No quería irme de allí nunca más.

—¿Qué ha pasado? —murmuré contra su pecho cuando me sentí preparada.

Pero mi madre no tuvo que contestar. En su lugar Mari alzó las manos y acalló a la multitud.

—Gaueko ha caído. Durante un tiempo pensé que era imposible enfrentarme a él y que todo cuanto podía hacer para proteger al valle era contener su poder —explicó, alto y claro. Entonces, se dirigió a nosotras—. Paradójicamente, él mismo encontró la única manera de ser derrotado. En su obsesión por hacerse con todo el poder de Gaua, se dio cuenta de que vuestra sangre mixta era la única capaz de hacerme frente, pero no se le ocurrió pensar en que la situación podía volverse en su contra.

Señaló su bastón y siguió hablando:

—Como bien sabéis, este bastón contiene buena parte de mi magia. Lo quise así en el momento de mi creación, para asegurarme de que mi poder nunca fuera completamente destruido en el caso de que algo me ocurriera a mí. Al hacerte con él, Ada, has unido mi fuerza con tu poder y le has derrotado. En nombre del bosque, me gustaría darte las gracias.

Mi madre me apretó los hombros mientras la gente volvía a aplaudir. Pero una vez más, Mari alzó la mano y dejó muy claro que su intervención no había terminado todavía.

—No obstante —dijo, y todos callaron— las tinieblas siguen necesitando un amo. Es lo necesario para restablecer el equilibrio; de lo contrario, el bosque se sumergiría en el caos. Y yo soy la diosa de la Tierra y de la Luz; no podría encargarme de ellas.

Aunque una parte de mí en el fondo sabía lo que iba a decir a continuación, me resistí a creerlo hasta que le escuché pronunciar las palabras:

—Solo hay dos personas en este mundo que tengan la sangre de las tinieblas en las venas.

Las miradas de todo el mundo se posaron, evidentemente, sobre mí. Yo todavía tenía el bastón de Mari en las manos y acababa de derrotar a Gaueko con una oleada de magia. No hacía falta sumar dos más dos para comprender lo que Mari estaba intentando decirnos, pero solo de pensarlo me temblaban las rodillas.

¿Yo, la diosa de las Tinieblas?

La mera idea era tan surrealista que no conseguía procesarla. No tenía ni idea de lo que implicaba verdaderamente, pero... ¿alejarme de mi familia?, ¿de mis amigos? Para siempre. Porque en este caso la palabra «siempre» era un concepto bastante certero. ¿Me convertiría en inmortal?

—Lo haré yo. —La voz de mi madre desató un murmullo a mis espaldas.

Mientras yo todavía me limitaba a mirarla con los labios entreabiertos, me arrebató el bastón de las manos y lo sostuvo, decidida.

—La sangre de las tinieblas también corre por mis venas —le dijo a la diosa, con voz firme—. Pero yo he vivido una vida, me enamoré, tuve una hija y decidí voluntariamente que mi destino estaba en Gaua. Ada todavía no ha tenido el tiempo suficiente como para buscar su destino, yo sí. Y de todas formas ya llevo nueve años acostumbrándome a vivir en soledad.

—¡Mamá, no! —grité desesperada—. ¿Qué haces? ¡No!

Pero mi madre seguía con los ojos clavados en Mari y, aunque me di cuenta de que tenía la mirada acuosa, parecía absolutamente decidida. De alguna manera parecía como si ya hubiera tenido tiempo para comprender que esto iba a pasar y hubiese podido meditar bien su decisión.

Mari le dedicó una mirada seria unos instantes, considerando sus opciones. A fin de cuentas, estaba decidiendo sobre la que podría ser su rival durante el resto de los tiempos. Finalmente, asintió con la cabeza. Empecé a llorar sin consuelo cuando comprendí que era una decisión definitiva.

Mari le arrebató el bastón a mi madre y lo escondió bajo su axila.

—Ten cuidado con eso —dijo con una voz un poco más tensa de la cuenta.

Después se alejó en dirección al abrigo de Gaueko y lo cogió con su mano libre. Supuse que era el momento de la coronación, o cualquiera que fuera el ritual que convertía a alguien en un dios de las Tinieblas, pero yo me negaba a aceptarlo y cogí a mi madre de la mano para suplicarle que por favor por favor no lo hiciera.

Había estado buscándola toda la vida. No podía perderla ahora.

Mi madre me miró y se agachó hasta quedar a mi altura. Me limpió las lágrimas y me dio un beso en la frente.

—No te preocupes, Ada, estaré bien. Al menos ya no tendré por qué esconderme.

—Pero acabo de encontrarte... —gimoteé—. No puedes irte todavía.

Mari estaba frente a nosotras, con el abrigo extendido entre sus manos, pero mi madre le pidió con la mirada que nos diera un momento y la diosa se detuvo. Me colocó el pelo por detrás de la oreja. Todavía estaba mojado por la tormenta y tenía frío. Intenté dejar de llorar, pero era un instinto inevitable que no podía controlar. Me fijé en que a ella también le caía una larga lágrima por la mejilla.

—Mi pequeña Ada —susurró con dulzura—. No me voy a ninguna parte.

Quise creer la verdad que veía en sus ojos. Pero eso no conseguía calmarme. ¿Dónde vivía una diosa?, ¿cómo podría volver a verla? Ella sonrió. Por un momento, me pareció que también era capaz de leer mis pensamientos.

—Tu lugar está en el Mundo de la Luz. Te quedan un montón de cosas bonitas por vivir —me dijo, y echó un vistazo detrás de mí, donde estaban mis primos—. Tienes una familia maravillosa y no puedo estar más agradecida con ellos. Me habría encantado conocer a tus padres. Dales las gracias de mi parte, ¿lo harás? Estoy muy muy orgullosa de la persona en que te has convertido.

Traté de limpiarme las lágrimas.

—No quiero dejarte —logré decir.

—Escucha... —murmuró, y se aclaró la garganta. Sonrió—. No vas a perderme. Todos los días, cada vez que caiga el sol, estaré contigo. Estés donde estés.

Sollocé aún más, esta vez de una forma incontrolable, y escondí la cara en su cuello para abrazarla por última vez.

—¿Me lo prometes?

—Te lo prometo —respondió.

Con un suave carraspeo, Mari nos indicó que el tiempo se había acabado.

Emma me envolvió con los brazos mientras mi madre avanzaba hacia la diosa con firmeza. El Basajaun se acercó también y los tres formaron un triángulo en medio del círculo de cenizas. Entre los dos le colocaron el abrigo con cuidado y comprobé cómo, al momento, la prenda se adaptó hasta ajustarse a su cuerpo.

La miré, sobrecogida, viendo por primera vez su aspecto de inmortal. El abrigo le confería de repente un aire tan oscuro como imponente.

Los lobos comenzaron a aullar.

—¡Pueblo de Gaua! —exclamó Mari alzando el brazo de mi madre—. Inclinaos ante vuestra diosa de las Tinieblas.

19

Emma

Ada no dejaba de llorar y también a mí se me había formado un nudo en la garganta.

Nadie te prepara para algo así. En tan solo veinticuatro horas habíamos vivido muchísimas más cosas de las que una persona normal vive durante toda su vida, y toda esa montaña rusa de emociones nos había dejado agotados.

Por un lado, me invadía una profunda impotencia por no poder hacer nada para consolar a Ada. Después de la reverencia de todos, su madre se había convertido en una nube de polvo oscuro y se había esfumado del todo. Imagino que no había querido alargar más la que, sin duda, había tenido que ser la decisión más difícil de su vida. No podía imaginarme lo devastador que tenía que ser para Ada el haberla encontrado y tener que despedirse tan pronto, y sabía que nada de lo que yo le dijera no podía hacerla sentir mejor. Pero, por otro lado... sentirla a salvo entre mis brazos me procuraba un alivio tan grande que perfectamente podría estar riendo durante horas. ¡Estaba viva! ¡Estaba bien! Gaueko ya no podía hacerle daño. Creo que esa sensación de euforia es lo único que me mantenía en pie, porque no había tenido tanto miedo en mi vida. La batalla había sido tan larga y espantosa que había llegado a pensar que no conseguiríamos sacarla a tiempo. De hecho, así habría sido, de no ser por Teo.

Sonreí sin darme cuenta.

Teo. Mira tú por dónde. El más miedica, el más propenso de los tres a meterse en follones y liarla sin tener ni idea de cómo... y había sido el que nos había salvado a todos. ¡Y no por accidente! Sino con un plan perfectamente razonable. ¿Cómo se le ocurrió ir a por Mari? ¿Cómo logró encontrar el camino? Es más, ¿cómo se atrevió a enfrentarla?, ¿a convencerla? ¡Si estaba muerto de miedo!

—¿Qué pasa? —me dijo, con las cejas arrugadas.

—¿Qué?

—Que llevas un rato mirándome con cara de tonta.

—Qué dices. —Me sorbí la nariz.

De pronto sonrió. Ampliamente. Encantado.

—Tú estás orgullosa de mí —dijo—. Eeeeso es lo que te pasa. ¡Estás or-gu-llo-sa de mí! Reconócelo, va.

—Qué va. No te flipes. —Chasqué la lengua, pero sonreí un poquito.

Ada se liberó de mi abrazo y se limpió la cara con las manos. Parecía un poco más tranquila.

—Sí, no ha estado mal, Teo —dijo con sinceridad.

—Pero bueno, ¡que he salvado el mundo! —se quejó, ofendido—. ¿Qué más tengo que hacer para llevarme un poco de mérito?

Le revolví el pelo y me propinó un empujón. Como siempre.

—¿Cuándo podemos irnos? —preguntó Ada.

Lo cierto es que no tenía ni idea. Después de todo lo ocurrido, Mari había dejado marchar a las criaturas pero había solicitado reunirse con los líderes. Pero también había dicho que los brujos debíamos quedarnos, esperando no sé muy bien a qué, así que nosotros tres nos habíamos reunido con el resto de la gente allá donde había tenido lugar la batalla. En lo alto de la colina, Mari y las líderes hablaban y gesticulaban con evidente tensión mientras todos los demás descansábamos sentados en medio del bosque, demasiado cansados como para intentar leerles los labios o adivinar qué diantres estaba pasando.

—Deben de estar deliberando. Ha habido tantos cambios... —dijo Nagore. Nos había encontrado hacía unos minutos y no se había marchado de nuestro lado desde entonces—. Si no nos deja marcharnos es porque tiene algo que anunciar.

Asentí, aunque en esto he de admitir que estaba de acuerdo con Ada. Estaba tan exhausta que solo quería irme a casa y echarme en la cama.

—¡Mira, se mueven! —exclamó Teo, y miré en dirección al círculo.

Efectivamente, comenzaron a caminar, con Mari encabezando el grupo y las otras tres un par de pasos por detrás. En cuanto sus pies salieron del círculo de ceniza y comenzaron a bajar la colina, me fijé en que todos, absolutamente todos, se arrodillaban de inmediato.

Nagore también lo hizo, por supuesto, e inclinó la cabeza en señal de respeto. Teo y yo nos miramos fugazmente antes de apresurarnos a imitar a todo el mundo. Estábamos empezando a aprender a la fuerza que no era buena idea lo de llamar demasiado la atención. Sentí la tierra húmeda en las rodillas.

—Brujas y brujos de Gaua. —Su voz volvió a llenar el bosque y lo estremeció—. Hoy habéis demostrado un valor que desconocía. Habéis mostrado que hasta los más pequeños pueden albergar el coraje suficiente para cambiar el mundo.

Miré a mis dos primos y sonreí.

—Soy plenamente consciente de que no siempre es fácil tomar las decisiones correctas en un momento tan complicado como el que hemos vivido hoy, y por eso quería recalcaros lo orgullosa que estoy de cada uno de vosotros. Pero no sería justa si no reconociera a aquellos que han estado no solo a la altura de las circunstancias sino por encima de lo que se esperaba de ellos. Porque sin su labor no estaríamos aquí ninguno de nosotros.

Carraspeó e hinchó su pecho antes de continuar:

—En primer lugar, quiero reconocer la valentía de un

niño. No lleva mucho tiempo por aquí y, por lo que me cuenta Nora, no siempre se le ha dado muy bien lo de cumplir con las normas. —Abrí mucho los ojos y miré a mi primo—. Pero precisamente su pensamiento crítico y su buen juicio fueron los que le hicieron venir a buscarme cuando era preciso. Teo, acércate.

Me pareció que Teo, más que levantarse, iba a caerse redondo. Ada y yo nos miramos, fascinadas mientras se sucedían los aplausos y él caminaba tímidamente hacia la diosa. Tenía las mejillas encendidas, al rojo vivo.

—Teo, las líderes y yo hemos decidido de manera unánime concederte la medalla al valor de Gaua —dijo la diosa.

Olvidando los protocolos, me puse de pie para aplaudir con más fuerza y, aunque al principio algunos me fulminaron con la mirada, Ada me imitó, y después Nagore, y pronto más y más personas emocionadas y agradecidas. Mari pareció pasar por alto nuestra falta de formalidad y pronto a todo el mundo dejó de importarle tanto. Sonriendo, Nora se acercó a él, le abrió cuidadosamente el abrigo y le colocó una medalla con un eguzkilore de oro a la altura del pecho. Teo saludó a la multitud y dio las gracias. No había estado tan rojo en su vida.

Cuando volvió hacia nosotras, lo hizo haciendo eses, como si acabase de bajarse de una montaña rusa.

—Buen juicio, dice. —Se rio—. ¿Tú te crees? ¡Buen juicio, yo!

—Es bastante fuerte —le di la razón, riéndome, y me agaché para echarle una ojeada a su medalla. Iba a estar insoportable.

Pero Mari volvió a acallar a la multitud.

—En último lugar, quiero reconocer otra labor, y para ello debo anunciar una decisión que también cuenta con nuestra unanimidad. —Hizo una pausa larga y miró a Uria. Ella tenía una expresión difícil de descifrar, pero asentía con la cabeza—. Como ya os he dicho, no es fácil tomar las decisiones correctas en un momento tan complicado, pero hay alguien que hoy, sin tener la obligación de hacerlo, ha asumido una responsabilidad que no le correspondía y ha guiado a su gente mostrando valor y, sobre todo, humildad. He llegado a tiempo para ver con mis propios ojos cómo comprendía a la perfección algo que, generalmente, os cuesta entender: los humanos sois parte del bosque, y vuestra vida no vale más que la de ninguna otra criatura. Estos son los atributos de un auténtico líder de Gaua, y por eso sé que será un honor para los Empáticos estar bajo su mando. Unax, por favor, acércate.

Me llevé la mano a la boca por pura inercia. A lo lejos vi cómo un corrillo se movía y dejaba espacio para que emergiera un Unax tan pálido como sorprendido. Nadie dijo ni una sola palabra, y él, tras mirar a su alrededor un poco dubitativo, dio un par de pasos hasta quedar frente a la diosa.

—Unax, ¿aceptas el cargo que se te encomienda?

—No.

Su palabra, ahora sí, desató una oleada de murmullos y exclamaciones entre la gente.

—¡¿No?! —Mari parecía contrariada.

—Así no, quiero decir. —Unax reculó y tragó saliva. Parecía firme—. Estaré encantado de ser el líder de los Empáticos, pero solo aceptaré bajo una condición.

Nadie se esperaba una respuesta como esa. Escuché de todo entre la gente y nada bonito: puede que «soberbio» fuera el adjetivo más suave que le estaban dedicando. Y lo cierto es que yo misma me había quedado helada. ¿Qué demonios estaba haciendo? ¿No llevaba deseando eso toda su vida? ¡Si se suponía que había presentado su candidatura y todo! Ahora se la ofrecían en bandeja de plata, con honores e incluso con el beneplácito de la misma Uria, ¿y se negaba?

—¿Qué está haciendo? —murmuró Teo.

—No tengo ni la menor idea —dije.

Mari alzó las manos, expectante.

—Bien, habla. ¿Cuál es tu condición?

Unax carraspeó antes de contestar:

—Quiero que elimines la Gran Decisión. —Sentí que me daba un vuelco el corazón. No fui la única; el murmullo se convirtió en un rugido de voces y sobresaltos—. Comprendo el cometido del portal y tienes razón, los humanos todavía no estamos preparados para convivir con la magia, y es posible que tengamos que esperar varias generaciones porque nos cuesta aceptar lo que no podemos comprender.

Había cogido carrerilla. La miraba decidido y Mari se cruzó de brazos escuchándole con atención.

—Pero ¿obligar a los brujos a decidir su lugar con quince años? Eso no tiene sentido. Es un castigo por una revuelta que, además, protagonizó Gaueko. Ahora Gaueko no está. Ya no existe ninguna explicación lógica para que se mantenga. Mi padre... —Volvió a aclararse la garganta—. Mi padre cometió muchos errores, pero perseguía una causa en la que yo también creo, y no sería honesto si no la defendiera. Nadie debería tener que elegir entre un mundo sin luz o un mundo sin magia. No quise tener que hacerlo yo, ni quiero tener que pedirle a nadie más que lo haga.

Según terminó de hablar, Unax me miró. Sentí toda la sangre agolpándose en mi pecho cuando comprendí que eso último lo decía por mí. Todas las dudas y miedos que había acumulado en los últimos meses se desmontaron. ¡Unax había intentado decírmelo desde el principio! Si había tomado tanta distancia conmigo era porque no quería pedirme que me quedase en Gaua. Pero quería estar conmigo. Tanto como para defenderlo con uñas y dientes delante de la mismísima diosa de la Tierra.

Estaba tan sobrecogida que no sabía cómo reaccionar. Mari siguió la dirección de su mirada y me encontró entre la gente. Su boca trazó una sonrisa prácticamente imperceptible.

—He de reconocer que me has sorprendido —le dijo fijando su vista de nuevo en él—. Por nada del mundo imaginé que quisieras mencionar a tu padre en un momento como este... No creo que tu apellido te esté poniendo las cosas muy fáciles entre tus compañeros, ¿o me equivoco? Y, en cambio, has decidido honrar su misión y has conseguido cumplir con el objetivo que él llevaba persiguiendo durante años. Y todo ello, claro, sin necesidad de recurrir a las trampas y a la violencia que le llevaron a su ruina. Así sea, chico: eliminaré la Gran Decisión, también para aquellos que fuisteis obligados a tomarla. Tu padre puede estar muy orgulloso de ti.

Creo que a todos nos costó unos segundos reaccionar ante la magnitud de lo que acababa de pasar. Los gritos de alegría apenas empezaban cuando Mari alzó la mano una última vez.

—¡No os confiéis! —exclamó, irguiéndose—. Tendré mis ojos puestos en los humanos. Os habéis ganado una muestra de mi confianza, pero creedme si os digo que seré bastante menos benevolente que la última vez si percibo cualquier atisbo de traición.

Aquella amenaza había sido más que suficiente para que nos la tomáramos en serio. En apenas un segundo se giró haciendo volar su vestido y, tomando la mano del Basajaun, ambos se fundieron en la tierra en un intenso remolino que hizo temblar el suelo y provocó algún que otro tropiezo.

Esta vez sí, los brujos comenzaron a gritar de felicidad. Ada, Nagore y Teo me abrazaron y lo hicieron entre sí, eufóricos, aunque yo estaba demasiado aturdida como para enterarme de nada. Miraba a Unax a lo lejos, cumpliendo el sueño de su vida. Un grupo de Empáticos corría hacia él y se agacharon para poder levantarle entre todos. Le lanzaron un par de veces por los aires, celebrando su triunfo y reconociéndole, al fin, como el auténtico líder de los suyos. Sentí un orgullo tan profundo que se me escapó una lágrima, pero me la quité deprisa con la manga de mi jersey cuando sus pies tocaron el suelo. Unax estaba todavía mareado pero buscaba algo con la mirada y solo se detuvo cuando encontró mis ojos.

Corrió hacia mí, con la sonrisa ensanchándose en cada zancada, y al llegar a mi lado me sujetó las mejillas con las manos y me besó. Más allá de nosotros, en un lugar que de pronto me parecía muy muy lejano, Gaua seguía vibrando de júbilo.

Epílogo

Ada

Mi bicicleta se deslizaba por la tierra húmeda y trotaba entre las piedrecitas a toda velocidad. El sol estaba a punto de caer por el horizonte y había teñido el cielo de un rosa intenso. De vez en cuando era agradable salir al Mundo de la Luz, dar una vuelta y sentir el calor del sol sobre la piel. Me había acostumbrado a fijarme, allá donde estuviera, y a disfrutar de ese momento exacto antes del anochecer en el que las nubes se convertían en un espectáculo de colores.

Aun así, la mayor parte del tiempo que estábamos en el pueblo corríamos hacia Gaua sin molestarnos en esconder nuestra impaciencia. ¡Y no solo nosotros! La Amona había demostrado una habilidad sorprendente para saltar por el portal y caer de pie como si nada. La primera vez, Teo la miró alucinando y ella simplemente se encogió de hombros y dijo «esto es como montar en bicicleta: una vez aprendes a mantener el equilibrio, no se te olvida nunca». Llevaba ya unos cuantos viajes y parecía que le estaba cogiendo el gusto. Iba y venía prácticamente a diario para saludar a viejas amigas o hacer compras de hierbas y herramientas que solo podían conseguirse en Gaua.

Solo había pasado un año desde la apertura del portal, pero las cosas habían cambiado tanto desde entonces que parecía que estuviésemos viviendo en un mundo totalmente diferente. Para empezar, nuestras vidas no tenían nada que ver con lo que eran antes. La magia era algo de lo que ya se podía hablar en casa y, aunque nuestros padres se habían quedado patidifusos (excepto el de Teo, claro, que ya lo sabía), habían terminado por entender su existencia o, cuanto menos, aceptarla. Eran muchas cosas que asimilar: el portal, las criaturas, los poderes, los linajes, mi descendencia directa de Gaueko y... ¡en fin!, estaba también el hecho de que había sido secuestrada ya tres veces y que mis primos habían estado a punto de dejarse la vida otras tantas para intentar salvarme. Digamos que eso no hacía muy felices a mis padres, pero ¿qué iban a hacer?, ¿prohibirnos cruzar y obligarnos a vivir en un mundo sin magia ahora que ya por fin se había acabado el peligro?, ¿apuntarme a un internado en la otra punta del mundo? Ahora que lo pienso, esa habría sido una solución tan espantosa como eficaz, así que supongo que he tenido mucha suerte.

Nuestros padres han entendido que pasemos todo el verano en casa de la Amona para poder ir a Gaua a nuestras anchas, y también vamos a verla en Navidad. Esta-

mos muy contentos, pero... a mí lo que me gustaría es llevarles algún día y que conocieran todo aquello. ¡A ver, es que ellos también son brujos! Al menos, mi madre, la madre de Emma y el padre de Teo tenían que serlo; eran los hijos biológicos de la Amona y la magia había tenido que vivir en su sangre si la habían transmitido a sus hijos.

Lo hablábamos los tres a veces. Sería alucinante descubrirles Gaua por primera vez, que encontrasen sus catalizadores (porque no cabía duda de que tenían que ser Sensitivos), que probasen a hacer magia y que se les desencajase la mandíbula al ver todo ese manto de luciérnagas iluminando el bosque. ¡Es que solo así conseguirían entender de verdad lo que todo ese mundo significa para nosotros! Pero la Amona nos dijo que aún no era el momento, que no estaban preparados y que era posible que no lo estuvieran nunca. Que hay cosas que es mejor descubrirlas cuando se es pequeño, porque tienes los ojos más abiertos y la cabeza bastante más receptiva.

—Con el tiempo —dijo—, nuestra propia idea del mundo se forja con tanto empeño que termina siendo como una fortaleza de piedra en la que nos sentimos seguros. No todo el mundo está preparado para que alguien la derribe de repente, y podemos reaccionar de maneras de lo más extrañas.

Yo qué sé, supongo que la Amona tenía razón, como siempre. Pero, aun así, aprovechábamos cada ocasión para insistir, y algo me decía que era cuestión de tiempo.

De todas formas, era cierto que igual no habría sido una buena idea llevarles a conocer Gaua en sus primeros meses. No todo había sido fácil. Nora no había mentido con el tema del castigo, por ejemplo. El primer mes que pasamos en Gaua nos dedicamos a cumplir nuestra «sentencia», que consistía en hacer tareas de limpieza del bosque y del cuidado de criaturas, y nos inscribieron en un curso aburridísimo sobre las normas de convivencia del valle. ¡Aburridísimo! Solo de recordarlo, se me pone la piel de gallina. Tuvimos que memorizar cientos de artículos y fechas de concilios de brujos desde la Edad Media. Y, total, ¿para qué? Ya los había olvidado todos.

Había sido cosa de los líderes, claro. Estaban pesadísimos, y más ahora que había llegado Unax con toda su energía por cambiar las cosas y sus ganas de ganar puntos y contentar a todas las facciones de Gaua. La apertura del portal había sido una noticia estupenda, pero también había dado lugar a un montón de nuevas preocupaciones logísticas que, por lo que parecía, les estaban llevando por la calle de la amargura: turnos de paso, control de fronteras, reelaboración de los registros de población, permisos de comercio transfronterizo... ¡yo qué sé! A mí me aburrían un montón esas cosas, pero por lo visto había un millón de decisiones que tomar y, ante el desasosiego de Nora (que se paseaba de vez en cuando por el Ipurtargiak abanicándose con los documentos) y la creciente crispación de Ane, Unax había decidido tomar las riendas de la situación. Lo veíamos recorrer el valle de un lado a otro cargando con carpetas, proponiendo ideas, organizando reuniones de vecinos... eso cuando no estaba con Emma haciendo el tortolito por ahí, claro.

Emma... Emma era feliz. Estaba perfectamente integrada en Gaua y en cuestión de un año ya había hecho un montón de amigos. Se había apuntado al equipo de pelota y había descubierto que se le daba muy bien. Tanto que estaba intentando convencer a sus padres de continuar sus estudios en el Ipurtargiak para poder entrenar en serio y empezar a competir contra otros valles.

A Teo, con venir de vez en cuando le bastaba. Estaba cada vez más contento en el conservatorio y no terminaba de ver claro «eso de convivir todos los días con criaturas que podrían matarte con el dedo meñique». Pero no nos engañaba a nadie: contaba los días para volver exactamente igual que nosotras dos.

Mi bicicleta esquivó un charco y no dejé de pedalear, esta vez con más esfuerzo para poder subir la cuesta de la colina. El sol, ya apenas visible en el horizonte, cubría el bosque con una luz naranja.

No solo Gaua era distinta. Yo también había cambiado. Muchísimo. Y en estos doce meses había aprendido tanto sobre mí misma que tenía la sensación de haber crecido unos cuantos años de golpe. Digamos que mi magia era... complicada. Sus dimensiones la hacían diferente a todas las demás y no había ninguna clase del Ipurtargiak en la que pudieran contarme exactamente qué es lo que podía o no hacer, ni cómo se suponía que debía hacerlo. No había ningún líder de linaje al que pudiera acudir para aprender, ni catalizador al que aferrarme. Estaba sola. Recuerdo que al principio me frustraba, pero acabé dándome cuenta de que eso hacía que de alguna manera mi relación con la magia fuera algo más bonito, más íntimo. Era como si mi magia y yo aprendiéramos la una de la otra y yo no pudiera controlar cómo ni cuándo iba a suceder cada nuevo avance.

Hasta ahora, había descubierto que podía transformar pequeños objetos, aunque debían ser del mismo material para que la transformación fuese efectiva. Por ejemplo, había conseguido convertir un vaso en una botella o una madeja de lana en un guante perfectamente tejido simplemente con tocarlo con los dedos y concentrarme. También había aprendido cómo restaurar objetos rotos o resquebrajar superficies con un simple chasquido de dedos. Y resultó —¡y era mi poder favorito!— que también podía transmitir sensaciones. Es decir: si Teo me hacía cosquillas, yo era capaz de «mandarle» esas cosquillas a Emma, y ella se retorcía muerta de risa y sin entender cómo era posible. Aunque de momento no teníamos muy clara su utilidad, era algo bastante chulo.

Tenía una espinita, sin embargo. Todavía no era capaz de sanar a nadie, y probablemente fuera lo que más deseaba hacer en este mundo. Cuando estuve con mi madre, ella me había curado una quemadura al instante, ¡yo misma la había visto hacerlo! Yo, en cambio, todo cuanto había conseguido de momento era aliviar pequeñas lesiones o músculos contracturados. Lo probé con Emma más de una vez después de sus entrenamientos, y me dijo que mis dedos emanaban una especie de calor profundo que parecía buscar exactamente el origen de la lesión. Prometía, desde luego. Pero yo lo que quería era curar heridas o quemaduras y, aunque no lo había conseguido todavía, sabía que era algo que estaba ahí, dentro de mí, escondido en alguna parte. Y no tenía ninguna prisa.

Mi bicicleta derrapó cuando llegué a la cima de la colina y me bajé. La apoyé a un árbol y me senté sobre la hierba. Desde ahí podía ver el valle entero. Podría guardar para siempre esa imagen en la retina. Los pueblos, tan pequeñitos desde ahí arriba, con sus casas blancas, las flores en los balcones, las plazas con niños jugando al balón, los caseríos en medio de la naturaleza... y ahí, en algún lugar entre los árboles, se escondía el pozo, ahora una puerta abierta entre dos mundos que, por primera vez desde hacía mucho tiempo, no tenían por qué esconderse el uno del otro. A mi nariz llegó el reconocible olor del valle, de la tierra húmeda, los árboles y las brasas de algún hogar a lo lejos.

Esto es lo que se siente al estar en casa, ¿verdad?, pensé.

Había llegado justo a tiempo. El último rayo de sol se escondió por el horizonte y un escalofrío apenas perceptible recorrió mi espalda. Como cada anochecer desde hacía un año, se me agitó el corazón.

—Hola, mamá.

Tres primos. Dos mundos. Un secreto.

Descubre todos los libros de la saga